삶의 여정

삶의 여정

김영성 수필집

불교문예

■ 머리말

　시작은 항상 미숙하고 서툴다.

　그렇다고 마냥 주저만 하면 아무것도 할 수 없을 것 같아 큰 용기를 내어 책을 만들게 되었다.

　때로는 뼈아픈 질타叱咤도 받아보면서 나의 미숙한 점을 깨달을 수도 있다는 각오로 부끄러움을 무릅쓰고 이 책을 펴 낸다.

　내용은 내가 일상에서 생각하고 느끼고 경험한 일을 순수하게 적어본 것이다.

　독자 여러분의 마음에 조금이라도 가 닿는다면 큰 보람이 아니겠나 생각한다.

2022. 3.

김영성

|차례|

■ 머리말

01 건강健康   10

02 맛   12

03 운명運命   14

04 산山   16

05 중독中毒   18

06 공부방법   20

07 인연因緣   22

08 자연自然   24

09 봄   26

10 능력能力   28

11 소음騷音   30

12 취미활동趣味活動   32

13 화냄   34

14 집착執着   36

15 음주운전飮酒運轉   38

16 일처리 요령   40

17 성취감成就感   42

18 메모   44

19 반복反復　　　　　　　　　　47

20 삶의 여정旅程　　　　　　　48

21 희망希望　　　　　　　　　　50

22 다름　　　　　　　　　　　　52

23 생각　　　　　　　　　　　　54

24 상처傷處　　　　　　　　　　56

25 자만심自慢心　　　　　　　　58

26 논란과 평정심平靜心　　　　　60

27 술　　　　　　　　　　　　　62

28 나를 사랑하자　　　　　　　65

29 넓게 보자　　　　　　　　　66

30 나를 아는 것　　　　　　　　68

31 직업職業　　　　　　　　　　70

32 인사　　　　　　　　　　　　72

33 나눔　　　　　　　　　　　　74

34 말　　　　　　　　　　　　　76

35 쉼　　　　　　　　　　　　　78

36 상담相談　　　　　　　　　　80

37 기분상태(컨디션condition)　　　　　83

38 인간관계　　　　　85

39 세대 차이　　　　　87

40 칭찬稱讚　　　　　89

41 수면睡眠　　　　　92

42 선거選擧　　　　　94

43 목표目標　　　　　96

44 후회後悔　　　　　98

45 걷기　　　　　100

46 다양성多樣性　　　　　102

47 시작始作　　　　　104

48 투표投票　　　　　106

49 전문인　　　　　108

50 부담감　　　　　110

51 준비된 삶　　　　　112

52 젊음　　　　　114

53 가르침과 배움　　　　　116

54 마음 얻기　　　　　118

55 개인정보   120

56 빚   122

57 주장   124

58 위안   126

59 도전挑戰   128

60 의심   130

61 지구촌   132

62 글쓰기   134

63 자기책임   136

64 필요   138

65 비법   140

66 농약   142

67 세대 음악   144

68 말조심   146

69 신호등   148

70 스승을 모셔라   150

71 부모 효도   151

72 어머니   152

01
건강健康

아침에 텔레비전 건강 프로그램을 보면서 새삼 건강의 중요성을 느꼈다. 건강이 없는 부나 명예는 의미가 없다는 것이다.

모든 것은 건강에 바탕을 두고 이루어져야 한다. 특히나 건강의 중요성은 내 몸이 아팠을 때 절실히 느낀다. 건강할 때는 건강의 고마움을 모르고 무리한 일·게임·음주 등으로 우리의 몸을 혹사시킨다.

건강을 지키기 위해서는 충분한 휴식, 적당한 운동, 적절한 영양관리, 쾌적한 환경관리 등이 필요하다. 또한 정신적인 면에서는 스트레스를 받지 않아야 한다.

그러나 생각대로 되기란 쉽지가 않다. 필요하고 중요하다는 것을 알면서도 잘 실천되지 않는다.

친구나 지인들을 만나는 술자리에서 과음에 과식까지 하는 경우가 많고, 바쁜 일상에서는 밤늦게까지 일에 파

묻힌 경우가 다반사고, 게임 SNS 등에 중독되어 밤샘으로 자기 몸을 혹사시키는 경우도 허다하다.

건강이 전제되지 않으면 행복한 삶이란 보장받지 못한다.

우리 주변에는 산책로나 운동할 수 있는 공간이 잘 조성되어 있다. 하루 한 시간이라도 건강에 투자해 보자. 행복한 삶을 보장받을 수 있을 것이다.

02
맛

우리는 흔히 '맛' 하면 음식을 생각하고 음식 맛을 떠올린다. 이때 쓰다, 맵다, 달다, 고소하다, 짜다, 시다 등이 있는데 각 개인의 취향과 기호에 따라 맛의 평가가 조금은 다를 수 있다.

음식 맛은 대체로 사람들이 비슷하게 느끼지만, 인생의 맛은 개인차가 크다.

그 사람의 교육정도, 감성, 경험, 직업 등 다양한 면에서 맛이 달라질 수 있다는 것이다. 어찌 보면 인생의 맛은 개인 취미와 맞아떨어질 수도 있고 그냥 즐기는 경우도 있다.

여기에서 맛은 느낌이라 할 수 있고, 좋은 맛은 좋은 느낌을 의미한다. 그런 점에서 우리는 항상 좋은 느낌을 추구하며 살아간다.

그리고 어떤 맛에 도취되었을 때 행복감을 느끼는 우

리는 이런 도취될 만한 맛을 찾기 위해 이곳저곳을 찾아 다니기도 한다. 오늘도 행복한 맛을 느끼셨는지?

　우리 삶에 있어 좋은 맛을 맘껏 누릴 때 참 행복이 아닌가 싶다.

03

운명運命

삶이란 운명이 정해진 대로 나간다는 운명론이 있다. 사람에 따라 그 정의가 다르지만 나는 뒷날을 회상해 볼 때 모든 게 내 의지대로 살아온 것 같지는 않다.

젊을 때는 "운명이란 내가 개척하는 것이다"라고 하면서 나름 열심히 살았다.

그러나 내가 바라는 희망이나 꿈이 모두 이루어지지는 않았다. 그렇다고 운명만을 믿고 태만하거나 방관하며 살라는 것은 아니다.

삶이란 고난을 참고 노력하고, 보다 큰 뜻을 품고 열심히 살다 보면 내가 원하는 바도 이룰 수 있고, 성취감도 맛보면서 인생의 큰 보람을 가질 수 있을 것이다.

또한 실패했다고 극단적인 결정을 하거나 마구잡이 방황彷徨으로 나를 파멸에 이르게 하지 말고, 어려울 때는 운명에 기대여 보면서 실패를 달게 넘기는 삶의 지혜

智慧도 필요하다.

　내가 바라는 바를 너무 서두르거나 조급해하지 말고 차분하게 때를 기다리며 나 자신의 능력을 키워보자. 그러다 때가 되면 그동안 내가 갈고닦았던 능력을 맘껏 발휘해 보자, 후회 없도록.

04
산山

산은 나에게 아낌없이 주는 것 같다. 건강과 더불어 표현할 수 없을 만큼의 많은 것을 주고 느끼게 한다.

산은 계절이나 날씨에 따라서도 느낌이 다르다.

봄은 나뭇가지에서 움터 나오는 새싹의 싱그러운 냄새가 좋고, 여름은 우거진 숲으로 시원함을 주어서 좋고, 가을은 단풍의 아름다움을 보여 주며, 겨울은 눈꽃의 설경을 보여준다.

산은 여러 사람과 동행하면 서로의 마음을 나눌 수 있고 혼자 오르면 많은 생각을 하게 한다.

내가 어려웠을 때 좌절감으로 몸이 아파본 적이 있다. 그때 산을 매일 올라 다녔다. 그로 인해 몸도 회복되었지만 마음도 회복되었다.

산은 투자 없이 우리에게 건강을 준다. 산에서 먹는 도시락은 또한 어찌나 맛있는지 모른다.

어렵고 힘든 일이 있으면 산에 오르자. 어려운 수학문제가 풀리듯 좋은 해결책이 떠오를 수 있다.

산은 모든 이에게 힘을 주고, 여러 말 하지 않아도 모든 이에게 이로운 존재로 늘 거기에 있을 테니까.

05

중독中毒

약물 중독 등으로 신체가 상하거나 무엇에 빠져 혼란스러운 상태가 되어버린 것을 중독이라고 본다. 중독의 경우를 보면 알코올(술), 게임, 약물 등 다양한 분야에서 중독을 찾아볼 수 있다.

중독이 나쁘다고만은 할 수 없다. 어떤 분야에서 전문가가 되려면 거기에 심취되어 중독에 빠질 정도로 연습과 훈련을 쌓지 않으면 안 되기 때문이다.

그러나 대부분의 중독은 나쁜 쪽이 많다.

나는 인터넷 바둑게임을 좋아한다. 그런데 이게 중독성이 있다. 바둑게임에 빠져 밤을 꼬박 새워 봤고, 게임에 지고 나서 홧김에 컴퓨터를 3대나 망가뜨려 버렸다.

때로는 중요한 일을 앞두고도 바둑게임에 빠져 많은 시간을 허비해 버린 적도 있었다. 그러고서는 꼭 후회했다. 중독이란 알고도 고치기가 힘든 것 같다.

이처럼 좋은 중독은 좋지만, 나쁜 중독은 자신을 해하거나 옆에 있는 사람까지 걱정스럽게 만들고 피곤하게 할 수 있다.

이제 나쁜 중독에서 빠져나오도록 노력해 보자. 넘치는 것이 부족한 것만 못하다는 말처럼 무엇이든 너무 빠져 내 생활에 리듬을 깨트리지 말자.

중독으로부터 벗어나 건강한 신체와 건전한 정신을 지켜서 행복한 삶을 누려보자.

06

공부방법

인간의 두뇌는 보는 것을 모두 비디오처럼 녹화한다고 한다. 과거의 기억과 장면을 떠올릴 수 있는 것이 바로 이것 때문이다.

우리가 공부하는 방법에 있어 이것을 알고 활용하면 좋을 것 같다. 한번 해보고 "나는 할 수 없어"라고 말하기보다는 반복적으로 여러 번 해보자. 그러다 보면 자연적으로 숙달되고 장기기억으로 넘어간다. 이게 학습인 것 같다.

어떤 경쟁시험이나 자격시험에 응시할 경우 여러 가지 많은 책은 보지 않는 게 좋다. 수험서는 하나만 지정하여 완전히 이해하고 외워 버리는 방법을 취하고, 부족한 부분만 다른 책이나 자료에서 보충하는 것이 좋다.

각자의 개성과 공부방법이 다르지만, 기억을 오래 보존하려면 여러 가지 자료나 책을 많이 보는 것보다 단

순하게 한 가지 책을 봄으로써 오랜 기억으로 만들자는 것이다. 이렇게 된 다음 추가 지식을 얻는 것은 쉽다고 본다.

요즘은 나이와 관계없이 각종 자격시험 준비를 많이 한다. 평생학습시대라 하여 나이가 많이 드신 노인층에서도 공부에 열성인 분들이 많다.

나이 먹었다고 공부를 포기하지 말고 평생토록 뭔가를 배우고 학습해 보자.

07
인연因緣

사람과의 인연이란 만남이 전제된다고 본다. 나를 중심으로 가족과 친척의 혈연관계와 학교 다니면서 만난 학연관계, 이웃이나 주변 지역을 중심으로 만난 지연관계, 그 밖에 직장이나 사회생활을 하면서 만난 무수한 만남의 인연들이 있다.

우리는 옷깃만 스쳐도 인연이라 하고, 운명적인 만남도 인연이라고 한다. 그러나 만남이 있었다고 다 관계가 이어지는 것은 아니다.

사별도 하고, 이별도 하고, 절교도 하고, 멀리 떨어져 보지 못하는 경우도 있고, 싫어서 보지 않는 경우도 있고, 만날 필요를 느끼지 못해 안 보는 경우 등 다양한 이유로 인연이 끊어지기도 한다.

만남과 헤어짐은 우주의 원리에 의해 해가 뜨고 지는 것처럼 수없이 반복되고 있다.

인연은 소중하며 내 인생의 한 페이지로 기록될 것이다.

인연 중에는 오래도록 유지하고 싶은 놓치기 아까운 인연도 있다.

이제 오는 인연 편하게 받아들이고 가는 인연 미련 없이 보내자. 맺어진 인연들과 더불어 내 인생 멋지게 살아보자.

08
자연自然

자연은 인위적으로 고치거나 손대지 않은 원래의 모습을 유지한 상태를 말한다.

지금은 기술력의 발달로 무엇이든 자연에서 얻던 것을 인간이 만들어 버린다. 먹을 것부터 생활해가는데 필요한 모든 것을 생산해서 돈만 있으면 다 해결되는 세상이다.

계절 따라 먹던 채소도 비닐하우스나 유리온실 재배로 연중 아무 때나 먹을 수 있고, 심지어 가짜 달걀도 만들 수 있다니 놀라울 따름이다.

현재 우리나라는 도시 주변이고 농촌이고 할 거 없이 개발되어서 논밭이나 산 등이 주택지나 공장지대로 변하여 농토가 점점 없어져 가고 있다.

자연은 우리에게 많은 것을 가져다주며, 인간이 살아가는데 필수적인 요소들이 많다.

우리는 자연에서 생겨나서 자연으로 다시 돌아간다고 한다. 자연은 거스를 수 없는 이치이다. 자연은 생긴 그대로 보는 것만으로도 좋다.

자연에는 비약이 없단 말처럼 자연은 순수하고 정해진 원리대로 행하여진다는 것이다.

이 자연의 고마움을 다시 한번 생각하면서 자연을 사랑하고 지키자.

09
봄

　우리나라는 봄·여름·가을·겨울 사계절이 있어 계절마다 독특한 맛이 있지만, 그래도 나는 봄을 좋아한다.

　봄이 되면 온갖 꽃들이 피어나고 나무며 풀들이 움을 틔운다. 산이나 들판에서도 봄 냄새를 맡을 수 있고, 화사하고 온화한 기운을 느낄 수 있다.

　봄이 추운 겨울을 보내고 난 뒤라 더 좋은지도 모른다. 그리고 봄은 계절의 시작이며 생동감이 넘치는 계절로 사람들의 마음을 들뜨게 한다.

　봄이 오면 우리 모두 봄을 만끽해 보자. 각종 꽃들이 만발한 곳에 꽃구경도 가보고, 들에 나가 논두렁 밭두렁의 나물도 캐보고 봄 냄새도 맡아보자. 한결 마음이 상쾌해질 것이다.

　가족, 친구, 연인과 함께 맛있는 음식을 준비하여 봄 나들이도 가보자. 봄 냄새가 풋풋한 곳을 찾아서 자연과 더불어 인생의 향香도 느껴보자.

10
능력能力

능력은 개인마다 차이가 있다. 이는 선천적인 부분도 있고 교육에 의해 습득된 부분도 있다.

바둑에도 급이 있어 이제 배우는 하수부터 프로급 고수가 있다. 이렇듯 게임에서 실력 차가 나면 이기고 지는 것은 뻔하다. 요행이나 상대방 실수만을 바라는 것은 바람직하지 못하다.

자신의 입장에서 실력의 문제가 아니라 실수로 게임에 졌다고 생각하는 경우가 많다.

모든 세상일을 다 잘할 수는 없다. 어느 방면에서 얼마나 연구하고 노력하였느냐에 따라 남보다 잘한다고 말을 들을 수 있고, 남보다 앞설 수 있으며, 게임이나 시합에서 이길 수 있다.

우열 다툼에서 밀렸다거나 또는 시험에서 불합격이 되었다고 자신을 자책하지 말고 나의 현재의 능력 정도를 인정하자. 그리고 더욱 내 능력을 길러내자.

그러면 시험에서 합격도 할 수 있고, 남들이 인정하는 능력자가 되어 있을 것이다. 설령 남이 나를 질책하고 지적하더라도 화내지 말고 나 자신을 살펴보고 반성해 보자.

이를 바탕으로 나의 능력을 더욱 키워보자. 행복한 나의 미래를 위하여.

11
소음騷音

우리는 본의 아니게 많은 소음 속에 살고 있다. 집에서는 TV, 컴퓨터, 세탁기, 냉장고, 벽시계 등 많은 것에서 소음이 발생한다. 길거리에 나오면 자동차, 사람 소리, 기계 소리 등 이루 말할 수 없는 소음을 듣는다.

소음이라면 내가 바라지 않은 소리의 경우를 말한다. 이는 스트레스를 발생시키고 사람들에게 많은 영향을 미친다. 이 소음은 인간뿐만 아니라 살아있는 모든 생물체에도 영향을 준다고 한다.

요사이 휴대폰이 발달하여 아무데서든 음악 감상이나 동영상 또는 TV를 쉴 새 없이 켜놓고 소음을 발생하게 하고 있다.

심지어 소음 발생으로 인한 다툼으로 살인까지 가는 경우도 있다. 모든 이가 이런 소음의 심각성을 알고, 이기적인 정신으로 다른 사람에게 소음공해를 주는 일은 없는지 살펴보자.

특히나 조용해야 할 장소에서는 더욱 그렇다. 내가 좋으면 남들도 좋아할 것이라는 착각에 빠져 소음을 발생하지나 않는지 생각해 보자.

"연설은 은이요 침묵은 금이다"라는 명언이 생각난다. 때로는 조용함이 얼마나 좋은가!

상대방이 싫어하는 소음을 발생시키지 않는지 항상 주의 깊게 생각하며 살아가자.

모두가 함께 살아가는 이 세상의 평온과 행복한 삶을 위하여.

12
취미활동趣味活動

취미란 내가 좋아서 즐기는 일들을 말한다. 취미활동은 우리가 생활하면서 여가생활을 즐길 수 있는 기본적인 활동이라 할 수 있다.

개인마다 다양한 분야에서 취미활동을 하고 있으며 꾸준히 다른 분야의 취미도 발굴하고 배우고 있을 것이다.

나는 어려서부터 가정생활이 어려워 이렇다 할 취미생활을 할 생각조차 못 했다. 기껏해야 동네 축구에 어울리고, 학창시절에는 태권도가 유행이어서 조금 했고, 이웃집 형님에게 바둑과 장기를 배웠다.

직장에 들어가서는 업무에 충실하다 보니 별로 취미에 눈길을 돌리지 못하고 있다가 40대가 되어서야 사진에 입문하여 사진 활동에 전념하다가, 50대 중반에 가서 대금을 배웠다.

그리고 퇴직 무렵에는 국궁(활쏘기)을 배웠고, 퇴직

후에는 시간 여유가 생겨 춤도 배우고, 북과 장구도 배워 취미활동 종목과 분야가 늘어갔다.

그로 인해 어느새 직장도 없는 백수가 시간에 쫓기는 나날이 되어버렸다.

여러 취미활동을 하고 있어 지금이 행복하지만 젊은 시절부터 시작해 볼 걸 하는 아쉬운 생각도 든다.

이렇듯 취미는 우리 생활을 윤택하게 하고 즐겁게 한다. 지금은 평생학습시대이다. 늦었다고 생각하거나 '다음에 하지'라고 미루지 말고, 지금 바로 시작해 보자. 좋은 취미를 만들어서 행복하고 즐거운 인생을 살아보자.

13
화냄

누구나 언어적, 신체적 공격을 받으면 화를 낸다. 또한 원하는 일이 잘되지 않았거나 게임이나 시합에 져도 화를 낸다.

옛 속담에 "화를 참으면 복이 온다"고 했다. 그러나 이 속담처럼 화를 참는 다는 것은 그리 쉬운 일이 아니다.

인신공격을 받을 경우, 가만있으면 자신에게 불리할 수 있는 경우 등, 때로는 참는 것이 능사가 아니라는 것이다.

먼저 화를 내면 자신이 먼저 이성을 잃을 수가 있다. 화를 내는 순간 판단력이 흐려질 수 있다는 것이다. 그리고 신체적으로는 스트레스 반응으로 몸의 균형을 깨뜨리고, 이 영향으로 건강에 손상을 가져올 수도 있다.

화가 났을 경우 맞받아치는 식으로 대응했을 때 상대방과 부딪치면서 충돌이 일어나고 서로 간에 상처로 남

는다. 화해를 했다 해도 앙금이 남아 보이지 않는 적대
감으로 인해 서로의 관계가 서먹해지거나 멀어질 수도
있다.

그러면 어찌 화냄에 대응할까. 우선은 유머나 좋은 말
로 그 상황을 벗어나는 기술이 있으면 최고이다. 그렇지
않으면 일단 참았다가 시간이 지나고 나서 서운했던 부
분에 대해 대화를 통해 해결하는 방법이 있다.

뜻하는 일이 안 되어 혼자 화가 날 경우, 자신을 편하
게 하여 긴장을 풀고 산보를 한다든지, 운동을 한다든
지, 취미활동을 하면서 해소하는 방법이 있다.

결론적으로 화냄은 자제하고 이를 극복하는 방법이
현명한 삶을 살아가는 최상의 방법이라 생각한다.

14

집착執着

우리가 무슨 일에 몰두할 때, 뭔가 이루고자 할 때, 또는 놓치지 않으려고, 독차지하려고 하면 할수록 집착이 생긴다.

공부를 열심히 한다든지, 전문성을 기르는 등, 좋은 면에서 집착은 당연히 있어야 한다. 그러나 대개의 경우 욕심과 관련된 집착이라든지, 남을 의심하고 괴롭히는 집착, 알코올이나 약물 중독처럼 일상에서 필요하지 않은 집착이 많다.

내가 뭔가에 심하게 빠져 있다는 느낌이 들거나, 나 자신이 심히 괴롭고 아플 때는 집착이 아닌가 생각해 봐야 한다.

건강에 좋은 음식과 운동도 지나치게 과하면 오히려 독이 된다. 무엇이든 적당히 하면서 균형을 맞추어야 삶이 풍요로워진다.

자신이 필요 없는 일에 빠져 있는지 살펴보자.

집착은 시간과 힘을 허무하게 낭비해 버리게 하고, 이로 인해 건강까지 해치게 할 수 있다.

우리 지금 하고 있는 것 중 집착에 빠진 것이 있는지 살펴보고, 집착이라 생각되면 과감히 벗어나자.

집착의 굴레를 벗어던지고 해방감을 맞도록 하자.

15

음주운전飮酒運轉

요사이 음주운전 단속이 심해졌다. 이렇게 단속해도 음주운전은 여전하다.

음주운전에 걸리면 범칙금이 백 단위 이상이고 면허정지나 면허취소 등의 불이익뿐만 아니라, 직장의 경우 문책이나 징계를 당할 수도 있다.

이런 줄 알면서도 술을 마시다 보면 습관처럼 운전대를 잡는 경우가 허다하다. 차를 놔두고 택시를 타던지, 대리운전을 시켜야 맞다.

우리나라는 음주운전에 대한 현장 단속이나 판례 등에서 보면 예방보다 처벌에 더 강하다. 집 마당까지 왔더라도 음주측정에 걸리면 음주운전이 되고, 집에 들어와서 씻고 주차를 다시 하다가 걸려도 음주운전에 해당한다.

술을 마시려면 아예 차를 집에 주차하고 오던지, 반드

시 대리운전해서 이동하여야 한다.

술자리에 갔더라도 차를 사용하려면 절대 술을 먹어서는 안 되고, 술을 권해서도 안 된다. 상대방이 술을 권하면서 "내가 다 해결해 줄게" 하고 꼬드겨도 술을 마시고 나서는 술에 취해 나 몰라라 한다.

대리운전도 부르기가 힘들고 상황이 급한 경우 어찌할 것인가? 이때 후회해도 아무 소용이 없다. 나 자신이 통제하고 중심을 찾았어야 했다.

이제 술 마실 준비가 안 된 상황에서는 마시면 절대 안 되고, 해결방법도 책임도 지지 못할 상황에서는 술을 권하지도 말자. 권한 술에 의해 남의 인생을 망치는 가해자가 되어 버릴 수도 있기 때문이다.

16
일처리 요령

일을 효과적으로 처리하는 요령은 사람마다 다르다. 물론 각자 나름대로 처리하는 방식이 있을 것으로 본다.

나는 어려서부터 학창시절까지 시골 농사일을 많이 하였다. 시골에서 농사를 지으려면 기본적으로 지게질을 잘해야 하고, 땅을 다루고, 퇴비를 만들고, 낫질도 할 줄 알아야 하는 등, 그야말로 해야 할 것이 산더미처럼 많다.

그때 어른들께서 일은 천천히 못 이기는 척해야 한다고 일러 주셨다. 나는 평생 그 말을 새겨서 다른 일에서도 적용하여 실천하려 하였다.

무슨 일이든 먼저 계획을 짜고 방향을 잡은 다음에 본격적으로 일을 시작한다. 일은 한꺼번에 많이 하려고 욕심을 내면, 힘들고 지쳐서 오래 하지 못할 수 있고 실수로 일을 망칠 수도 있기 때문이다.

무게 나가는 물건을 옮길 때도 되도록 나눠서 하면 수월하다. 한 번에 많은 물건을 나르고 나면 피곤해서 장시간 쉬어야 하거나, 몸에 무리가 와 종국에는 그 일을 포기하게 된다.

시간이 걸리더라도 조금씩 나눠서 하면 계속할 수 있고, 일의 능률도 오른다.

나는 일을 천천히 연구해 가면서 한다. 물론 일을 빨리하면 좋겠으나 잘못하면 과로에 시달릴 수 있고, 일을 그르쳐서 오히려 역효과가 날 수도 있기 때문이다.

생활의 달인처럼 일 처리에 숙달된 경우는 예외일 수 있겠지만, 일을 후다닥 빨리만 하려 말고 천천히 힘에 부치지 않게 차분하게 처리하자.

17
성취감成就感

나의 초등학교 시절은 어찌 공부하였는지 기억이 잘 나지 않는다.

중고등학교 시절에는 시골 농사를 거들어 학비를 만들었고, 다니는 학교 등교 거리가 4km 이상 되어 집에 돌아오면 피곤이 가득한 채 금세 잠들어버렸다. 그렇게 그 시절은 누구나 다 어려운 때였다.

고등학교 졸업 후 얼마 안 있어 군에 입대하여 3년 정도 복무하고 제대 후 바로 공부하였고, 20대 후반에는 운 좋게 시험에 합격해서 직장을 잡았다. 이때 처음으로 성취감을 가졌다.

직장을 잡은 후 학업에 뜻이 있어 코피를 보면서까지 열심히 공부하여 야간 대학교를 졸업함으로써 또한 성취감을 가졌다.

30대에는 직장에서 야근을 밥 먹듯이 하면서 열심히

근무하였고, 40대에 조금 여유가 있어 대학원에 진학, 석사학위를 받으면서 또한 성취감을 가졌다.

정년을 한 후에는 취업할 기회가 있나 해서 자격증 공부를 하여 자격을 취득하니 새로운 성취감을 가졌다.

그래서 나는 인생의 기쁨은 나름 성취감을 느끼며 사는 것이라고 생각한다. 처음부터 큰 성취감보다는 조그마한 시합이나 경연대회, 자격시험 등에 참여하거나 응시하여 작은 상이나 자격증을 받아보자. 인생에 있어 자신감이 생기고 큰 기쁨을 느낄 것이다.

우리 모두 작은 것에서부터 성취감을 가져보자. 멋진 인생이 설계될 것이다. 끊임없는 도전정신으로 나를 가꿔가면서 성취감을 가져보자.

18
메모

인간은 했던 일을 기억하는 능력도 있지만 그 기억을 잊어버리는 망각도 있다. 모든 일을 기억하면 좋겠지만 이 망각이 없다면 오히려 혼란스러울 수 있다.

기억은 대부분 부분적으로 떠오르지만 시간이 가면서 완전히 잊고 사는 경우도 있다.

바쁜 일상에서 부대끼다 보면 약속시간을 놓친다든지, 납부기한을 놓치는 등 순간 망각을 가질 수 있다.

망각은 어찌 보면 내 몸의 조화를 위해서 존재할지도 모른다. 그러나 중요한 생각을 망각해 버린다면 큰 손해나 일에 차질이 생길 수 있고 계획된 일을 망쳐버릴 수 있다.

우리가 이런 망각의 피해를 줄이려면 메모를 습관화해야 한다. 그리고 하루의 시작 전이나 일과 후에 메모장을 읽어보는 습관을 들이면 좋을 것 같다.

요사이 휴대폰을 이용한 메모도 아주 편리하다. 휴대폰 메모는 일정에 따라 알리는 소리 기능이 있어 실수 없이 편리하게 사용할 수 있다. 디지털 메모가 가능한 것이다.

수기 메모장도 활용해 보자. 디지털은 기능 조작이나 바이러스 감염 등 잘못하면 순간 자료 소실이나 해킹 우려도 있을 수 있다.

수기 메모장은 시간이 갈수록 많은 자료가 기록되어, 모아 두면 후일 일기장과 같은 역할을 할 수 있어 좋다고 본다.

메모를 습관화하여 망각으로 인한 불편함을 해소하고, 우리의 계획을 실수 없이 실천해 나가자.

19

반복反復

우리의 일상은 반복의 연속이다. 우주의 원리만큼이나 우리의 생활도, 삶 자체도 반복인 것이다.

나는 초중고 12년, 대학 4년, 대학원 3년 모두 19년을 다녔다. 그 교육 기간의 내용을 보면, 학습 내용 자체가 반복인 경우가 많다.

요새는 이런 정규 교육만을 고집하지 않는다. 생을 다할 때까지 배움이 이어지는 평생교육의 시대인 것이다.

고학력이라고 모든 걸 잘할 수는 없다. 전공분야도 각기 다르고, 각자의 특기나 능력도 다르기 때문이다.

정규교육과는 달리 다른 면에서 배울 것도 많고 반복적으로 익혀야 할 것도 너무 많다.

한 분야에서 과거에 잘했다고 자만이나 태만하지 말자. 연구하고 훈련하지 않는다면, 또한 새로운 것을 배우는 것에 태만한다면, 퇴보하고 말 것이다.

항상 긴장의 끈을 놓지 말고 끝까지 반복적인 노력으로 진취적인 삶을 살아가 보도록 하자.

20

삶의 여정旅程

우리가 살아가면서 평생을 지내놓고 보면 어떤 주기와 그 나이대에 해야 할 것들이 있는 것 같다.

내 인생의 여정을 살펴보면서 여러분 각자의 여정을 생각해 보자.

내 초등학교 시절에는 형편이 어려운 가운데서도 부모의 사랑을 많이 받았고, 아무 생각 없이 지냈던 것 같다.

10대 때인 중학교와 고등학교 시절에야 공부라는 것을 알았고 그때부터 공부를 시작했다. 하여튼 학창시절이 시기만큼 공부가 중요한 때는 없다고 본다. 이때 닦은 실력으로 평생을 두고 써먹을 수 있기 때문이다.

20대에는 대개 대학에 진학하거나 다양한 직장을 체험하기도 한다. 그리고 남자라면 군 복무를 마쳐야 한다. 또한 결혼 적령기이기도 하다.

30대에는 가족의 생계를 위해서 직장에 다니던지 사

업 등으로 열심히 돈을 벌어야 한다.

40대에는 직장에서 직책이 주어지고 중간 간부의 역할을 하는 시기라 본다.

50대에는 직장에서는 승진에 전념하고 후반에는 은퇴 준비를 해야 한다.

60대 이후에는 대부분이 직장에서 은퇴하고 제2의 인생 설계를 하는 등 노후의 생활을 즐기게 된다.

세월은 물 흐르듯 순식간에 가버린다. 지금 이 시간이 중요하다. 지금 내가 무엇을 하고 있느냐에 따라 내 인생의 방향이 달라질 수 있다.

지금의 시간을 헛되이 보내지 말고 열심히 살자. 과거를 되돌아보며 가슴 아파할 필요도 없고 미래를 걱정할 필요도 없다. 오늘 하루도 충실하고 보람차게 보내자. 내 인생에 있어서 후회 없는 삶의 여정을 위하여!

21
희망希望

"우리는 희망을 먹고 산다"고들 한다. 이루어질 거란 확신은 아니지만, 원하는 게 될 것 같은 믿음이라든지, 해결의 돌파구가 막연히 생각난다든지, 또는 바라는 바가 이루어지길 소망하는 것이 희망이라 본다.

희망은 누구나 가질 수 있으며, 삶의 원동력이기도 하다. "희망이 없는 자, 죽은 자와 같다"란 말처럼 희망은 우리에게 필요한 것이며 어떠한 처지에서도 굴하지 않는 정신이다.

희망은 누구나 가져야 하지만 너무 큰 기대감을 가진 희망은 그만큼 아픈 실망이 따를 수도 있다.

희망은 특히나 우리가 고난이나 아픈 추억을 겪고 나서 더 그 값어치와 고마움을 느낀다. 좌절이나 슬픔에서 헤어나지 못하고 있다가 문득 살 것 같은 한 줄기 빛이 희망인 것이다.

우리 작은 희망이라도 갖고 점차 키워보자. 여러 개의 희망을 가져도 좋다.

내 마음에 희망이란 보배를 소중하게 간직하고 생의 활력으로 활용해 보자.

솟아나는 샘물처럼 줄기차게 새 희망을 가져보자.

22
다름

　사람은 저마다 생김새와 겉모습이 다르고 성격 또한 각자 다르다. 여러 사람을 지켜보면 이상하리만큼 제각 각이다.

　성격만큼이나 생각하는 면도 다를 수 있다. 여기에는 개인의 교육 정도나 전공 분야, 경험 등 여러 조건이 가 미될 수 있기 때문이다.

　우리가 사회생활을 하면서 많은 마찰을 겪게 되는데 이는 각기 생각이나 환경 등이 다르기 때문이라 본다. 이런 다름으로 인한 마찰로 고집을 세우다 보면, 다툼이 되고 스트레스가 생기게 된다. 그러다 보면 일 추진이 어려울 수 있고, 의욕 등이 떨어지는 등 여러 가지 문제 를 낳는다.

　남자와 여자의 생김이 다르듯이 우리는 서로 다름을 인정해야 한다.

서로를 배려하고 이해해주려고 노력하자. 자기주장만을 고집하는 이기심을 버리고 우리 모두가 함께 살아갈 수 있도록 노력하자.

다름을 이해하고 서로를 배려하는 것이 행복한 세상을 만들 수 있는 기본 조건이 아닌가 생각한다.

23
생각

생각이란 단어는 기억, 판단, 관심, 마음먹음, 상상, 계획, 예정, 분별, 지각, 욕구, 마음에 둠 등 여러 의미에서 두루 쓰인다.

대부분의 사람들은 각자의 생각에 따라 행동이 이루어지고 그 결과가 나타난다. 예를 들면, 상대방과의 시합에서 이길 수 있다는 생각과 왠지 질 것 같은 생각이 될 때, 거의 자기가 예감한 생각대로 된다는 것이다.

모든 것은 생각이 만들어 낸다는 것이다. 그렇다면 이런 생각들을 자신이 원하는 것으로 바꿀 수 없을까?

결론적으로 자기 수양이다. 내 맘을 다스려서 생각을 바꿀 수 있다는 것이다.

우리 부정적인 생각을 버리고 항상 긍정적인 생각을 하자.

"나는 못 해!" 보다, "나는 할 수 있어!"란 말이 자신에게 생각의 힘을 실어준다.

중요한 일을 앞두고 또는 시합 전에 한번 자신감 있는 생각을 되뇌어보자.

자신을 다독거리며 뜻하는 바대로 나아갈 수 있다고, 내 생각에 절대적인 응원을 해보자.

24
상처傷處

우리는 세상을 살아가면서 서로에게 상처를 주고받는다.

내 인생을 뒤돌아보면 "내가 그땐 너무 했어!"란 후회의 생각이 들 때가 있다. 그와는 반대로 내 마음이 찢어지는 듯한 아픔으로 상처받았던 때도 있었다.

상처는 경험처럼 우리에게 뭔가를 남겨주는 것 같다. 그래서 많은 생각을 하게 한다. 상처로 인해 뜻하는 일이 좌절되어 버리거나, 상대방과 관계가 멀어지는 등의 영향을 초래할 수 있다.

상처는 욕심과 시기, 질투, 치우친 생각, 공격 등 여러 이유에서 생겨나며, 스트레스처럼 내 몸의 조화를 흔들어 버림으로써 건강에도 좋지 않다.

되도록 남에게 상처 주는 일을 하지 말자. 두고두고 서로의 가슴속에 안 좋은 기억으로 남을 것이다.

어떤 상황에서도 넓은 마음으로 자신을 가다듬고 평온함을 찾자.

　그리고 한 번은 생각해 보자. 일상생활에서 이루어지는 말이나 행동 등이 상대방에게 마음 아픈 상처를 만드는 것은 아닌지······.

25
자만심 自慢心

자만심이란 자기 스스로를 자랑하는 것으로, 자기 만족감이 강함의 상태를 말할 때, 사용하는 단어라고 본다.

누구나 자만심은 가지고 있다. 자만심이 없으면 무기력하고 소심한 사람이 되지만, 너무 강하면 오히려 비판의 대상이 될 수 있다.

예를 들어 "네가 아니면 이 일을 못 할 거야!"라는 생각이나 "내가 여기서 최고야!"라는 생각을 적당히 가지면 일의 능률도 올릴 수 있다. 하지만 너무 강하여 표면화되면 동료나 주변 사람들에게 거부감을 줄 수 있고, 상처를 줄 수도 있다.

자기 만족감이 넘쳐 다른 사람을 지적하고 책망과 비판을 하면 상대에게 스트레스를 줄 수도 있다. 자기 자신만의 평가에 의해 그릇된 자만심을 가지면 오판으로 일을 망칠 수도 있다.

예를 들어 미술 습작을 시작한 사람이 그림을 멋있게 그렸다고 생각하고 보관해 두었는데 훗날 그 그림을 다시 보았을 때 정말 못 봐줄 정도로 졸작이었다.

이처럼 현재의 자기 수준이나 상황에서 섣불리 판단하지 말자. 남들이 객관적으로 인정하지 않는 한, 자기 평가에 자만심을 가지다가는 남의 비웃음을 받을 수도 있다.

자만하지 말고 평정심을 갖자. 설령 인정받았을지라도 겸손하자. 그러면 내 능력이 훗날 더 빛나 보일 것이다.

26
논란과 평정심平靜心

평정심이란 감정의 기복이 없이 평안하고 고요한 마음 상태를 말한다.

세상을 살아가다 보면 다툼이나 대립된 대화가 나올 수 있다.

"논란에서 이기는 것은 이긴 것이 아니다."라는 말이 있다. 서로 감정을 앞세워 다툰다든지, 자기 생각을 옳다고 강요하다 보면 서로 간에 불쾌해질 수 있다.

우리가 대화나 토론을 하면서 다소 감정이 일어나더라도 평정심을 가지고 차분하게 "나는 이렇게 생각한다."라고만 개인 의견을 말하자.

상대방의 험담이나 모함謀陷성 발언보다는 좋은 의견이나 방안을 제시하는 것이 바람직하지 않을까 생각한다. 괜히 다툼이 되는 논란이 발생하면 남는 것은 스트레스이고 상대방이나 나나 나쁜 감정이 쌓일 뿐이다.

서로의 의견충돌로 논란이나 다툼에 휩쓸리지 말고 평정심을 가지고 되도록 중립적인 입장에서 의견을 말하자. 그리고 상대방의 의견을 최대한 존중해 주면서 서로의 합의점을 찾아보자. 서로에게 좋은 결과가 만들어질 것이다.

27
술

　나는 술을 마실 줄 안다. 그렇다고 애주가도 아니고 자주 먹지도 않은 편이다. 대개의 경우 인간관계를 위해 마시는 경우가 많다.

　이와는 달리 술에 빠진 사람들이 주변에 의외로 많다.

　날마다 또는 2~3일에 한 번 정도 술 생각이 나서 지속적으로 마신다면 중독되어 간다라고 생각하고 조심해야 할 것이다.

　술을 마시는 사람 중에는 술주정이 있는 사람도 있다. 자리를 같이한 사람들에게 시비를 건다든지, 혐오스러운 행동을 하거나 대화로 상대방을 피곤하게 하는 등 갖가지의 주정酒酊이 있다. 이런 주정은 나쁜 버릇으로 경계하고 고쳐 나아가야 할 것이다.

　나도 한때는 술을 너무 마셔서 정신까지 놔버린 적이 있어서 참으로 위험하다는 것을 몸소 실감하였다. 과음으로 실수하여 평생 후회할 과오를 범하거나 남에게 큰 피해를 주는 등, 자기 자신을 크게 망가뜨릴 수 있다는 것이다.

술을 자주 마시다 보면 대개 자기 주량을 알 수 있는데, 정해진 주량을 더 넘겨서 마시면 위험하다는 것을 명심해야 한다.

술은 돈독한 인간관계를 만들고, 인생의 흥을 돋우며, 어떤 때는 술 한 잔이 그리 좋을 수 없는 분위기를 만들 때도 있다.

반면에 조심해야 할 부분도 있다는 것을 상기하고, 술은 적당히 마셔서 음주로 인한 피해가 없도록 나 자신을 지키자.

28
나를 사랑하자

세상에 나보다 귀한 것은 없다고 본다. 내가 없으면 이 세상 모두가 의미 없어 보일지 모른다. 지금 생生에 있어 나의 현재 모습이나 상황이 나에게 절대적인 존재인 것이다.

내 존재를 인정하고 나를 가꾸고 사랑할 때 진정한 생의 의미를 느낄 수 있고 행복해질 수 있다는 것이다.

어떤 이는 자기 자신을 자책하고 학대하고 미워하는 경우가 있다. 자신을 미워하면 일이 잘 안 풀리고 자신감도 없어져 성공적으로 일을 마치기 힘들어질 수 있다.

나를 위로하며 나에게 힘을 실어주자. "나는 잘할 수 있어!"라고 자신감 넘치는 말을 자신에게 해보자.

오늘도 아침 일찍 일어나 자신에게 사랑한다는 말과 함께 나를 다독거려 보자. 내 삶에 활력이 넘쳐 무슨 일이든 자신감이 생기고, 행복감과 함께 삶의 기쁨을 누릴 것이다.

29
넓게 보자

세상을 살다 보면 당장의 일들만 생각하게 될 수 있지만, 좀 더 멀리, 넓게 보아야 큰 실수를 줄일 수 있다고 본다.

그러나 그게 쉽지 않아 일을 그르치거나, 놓치고 나서야 후회하는 경우가 많다.

당장의 손익을 따지거나, 너무 급한 것만을 염두에 두거나, 사소한 일에 휘말리거나, 남의 말에 넘어가는 등 그 예는 허다하다. 이러다 보면 중요하거나 큰 것을 놓치기 쉽다.

지금 내가 해야 할 일이 무엇인지 일기장이나 메모 노트에 써 보자. 그러고 나서 5분 정도는 생각하는 여유를 가져보자. 무엇이 먼저이고 전체적으로 빠진 부분은 없는지를 살펴보자.

넓게 보고 꼼꼼히 챙겨서, 놓치고 후회하는 어리석음

의 잘못을 최대한 막아야 한다.

　사소하고 작은 것에 연연하다가 큰 것을 놓쳐 낭패를 당하는 일이 없게, 넓게 볼 수 있도록 숙고하는 자세가 필요하다.

30
나를 아는 것

나를 안다는 것은 여러 가지 의미가 있다. 먼저 자신의 나이, 성별, 학력, 능력, 특기, 취미, 생각 등 다양한 면에서 나를 살펴보아야 할 것이다.

나를 이해하고 알면 인생을 살아가는 데 많은 도움이 될 수 있다.

자기 능력에 맞지 않은 일을 하면 실패와 좌절을 겪을 수 있고 삶에 상처를 남길 수 있다.

남들이 좋다 하면 나의 처지나 능력, 주변 환경 등을 고려하지 않고 무턱대고 도전하다 실패를 경험할 수 있다.

물론 인생을 살아가면서 도전과 실패 등 여러 가지 경험을 쌓는 것도 중요하기 때문에 무조건 회피나 포기가 답은 아니라고 본다.

그러나 무모한 도전으로 인해 금전적으로나 정신적, 사회적으로 큰 손해나 타격을 주거나 받을 수 있는 것에 대하여는 신중해야 하며, 실패가 단순한 경험이 아니고 때에 따라서는 패가망신하여 제기할 수 없는 상태까지 갈 수 있기 때문에 유의해야 한다.

우선 나를 살펴보고 알기 위해서는 나에 대한 이력서를 만들어 보자. 이는 남에게 보여 주기 위한 이력서가 아니므로 사실적인 입장에서 자세하고 정확하게 작성하면 앞으로의 내 인생을 설계하는데 중요한 자료가 될 것이다.

때로는 학식이나 그 분야에 경험이 많은 분들의 상담을 받아보는 방법도 현명하다고 본다.

결론적으로 무모한 도전보다는 나를 알아서 성취 가능한 일에 도전할 때 성공도 기대할 수 있고 행복한 삶도 약속될 것이라 본다.

31

직업職業

우리는 생계를 위해서 뭔가 돈이 되거나, 경제적으로 도움이 되는 일을 해야 한다.

이처럼 생계를 위해 어떤 일에 지속적이고 기간을 두고 종사할 때 이를 직업이라 한다.

직업이란 단순노동처럼 단기적이거나 한시적인 경우도 있지만, 대부분 오랜 기간에 걸쳐 종사하는 장기적인 경우를 말한다.

직업은 수만 가지가 있다. 이처럼 많은 직업에서 종사하거나 소득을 얻으려면 그 방면에 전문인이 되어야 한다.

본인의 입장에서 보면 종사하는 직업에 다소 만족감을 느끼지 못할 수도 있지만 남의 입장에서 보면 꼭 필요한 존재이다.

모든 사회 구성원 자체가 각자의 직업과 어울려 사회

생활이 영위되는 것이다. 따라서 각자가 직업정신에 충실할 때, 우리가 사는 사회는 발전되고 삶도 윤택해질 수 있다.

또한, 직업에는 귀천이 있을 수 없다. 따라서 우리 모두 서로의 직업을 존중해 주고 각자의 일에 충실할 때, 나 자신과 가정, 지역사회와 더불어 행복한 사회, 부강한 국가가 이룩될 거라 본다.

32
인사

우리는 사람들과 대면하고 살면서 여러 가지로 인사를 한다. 인사하는 방법은 말로 하는 인사, 행동으로 표현하는 인사, 선물을 주고받는 인사 등 다양하다.

인사는 서로의 관계를 확인하는 것이기도 하지만, 관계유지와 서로 사이가 돈독敦篤해지려는 바람과 상대방의 호감을 가지려는 경우 등 여러 상황에서 이루어진다.

인사말은 일정한 형식이 없고, 그때 상황에 따라서 다양하게 구사되며, 남녀노소, 지위, 연령, 국가, 인종 관계없이 광범위하게 이루어진다.

예로부터 인사는 큰 자본을 들이지 않은 투자라는 말도 있듯이 인사의 중요성을 말하여 왔고, 여러 사람이 이를 실천하며 살아가고 있다.

흔히 인사는 아랫사람이 윗사람에게 먼저 해야 한다고 배웠다. 그러나 인사는 신분이나 나이의 많고 적음, 귀천을 떠나서 먼저 본 사람이 하는 게 좋으리라고 본다.

나의 경험상에서 보면, 분위기가 어색하거나 윗사람을 너무 의식하여 조심하는 경우, 상대방에 대해 맘이 내키지 않는 경우 등 인사를 하지 않고 회피하거나 지나쳐 버리는 때가 있다.

인사말은 누구한테 들어도 기분이 좋다. 인사받기를 기다리지 말고 먼저 말을 건네고 인사의 예를 갖춘다면 화기애애한 사회가 이루어질 것이다.

오늘도 보는 이마다 따뜻한 인사말로 즐거운 하루, 행복한 하루를 만들어 보자. 여러 사람으로부터 좋은 사람으로 기억될 것이다.

33
나눔

　나눔이란 서로 간의 인정이요, 인간미를 느끼게 하는 것이라 생각한다.

　60년대에만 해도 지금처럼 경제적 여유가 없었지만 참으로 인정 많은 세상이었다. 그때 이야기를 하면 요새 젊은이들은 이해하기가 어렵고 관심도 없어, 가치 없는 옛날이야기라고 지나쳐 버릴 수 있다.

　내가 겪어본 그 시대에는 이웃끼리 사이가 좋았다. 끼니 걱정할 정도로 어려웠지만, 앵두, 살구, 감, 밤, 수박, 참외, 고구마, 감자, 옥수수 등 시골에서 나는 과일이나 음식을 서로 나눠 먹고 때로는 쌀밥 한 그릇도 이웃끼리 나눠 먹는 인정 많은 세상이었다.

　그러나 지금은 참 각박한 세상이 되어버렸다. 이웃끼리 문을 걸어 잠그고 서로 간에 대화도 꺼리는 등 삭막하게 변해가는 것 같다. 심지어는 이웃이나 옆에 있는 사람이 무슨 일을 당해도 모른 체하는 세상이니 말이다.

지금의 세태가 그리 만든 지도 모른다. 서로를 믿을 수 없고 항상 조심해야 하는 긴장감 속에서 우리는 살아가고 있다.

옛날 보리개떡이라도 이웃끼리 나눠 먹고, 이웃에서 부부싸움도 말려주고, 애경사도 같이 하던 그 시절이 그리워진다.

모든 것을 국가에 의지하고, 보다 발전된 좋은 세상도 좋지만, 서로 간에 나눔이 있는 인정 많은 세상이 되었으면 한다.

목이 마를 때 물 한잔, 진짜 배고플 때 빵 한 조각의 고마움을 겪어보지 못한 사람은 알지 못할 것이다.

우리 주변이나 이웃, 어려움에 처한 사람들에게 나눔의 기회가 있는지 살펴보자. 보여 주기 위한 형식적인 나눔을 버리고, 진정성 있는 나눔으로 살맛 나고 인정이 흐르는 세상이 되었으면 좋겠다.

34
말

우리 인간은 다른 동물과 달리 생각하고 말을 할 수 있는 능력이 있어, 이 세상을 지배하며 살아가고 있다.

말은 의사소통으로 필수적인 조건이지만, 때로는 민감하게 반응하여 화근을 만들 수도 있고, 시기적절하고 현명한 대화는 일을 성사시킬 수도 있으며, 서로 간에 좋은 관계로 이어질 수도 있다.

따라서 말은 우리의 삶을 즐겁고 행복하게도 하지만, 잘못 사용하면 다툼과 파괴로 이어져 불행의 결과를 가져올 수 있다, 이런 말들로 인해 우리 삶이 결정될 수도 있다는 것이다.

그렇다고 소극적으로 너무 말을 아끼면 소외받는 사람이 되기 쉽거나 무능한 사람으로 취급받는 때도 있지만, 반대로 너무 말을 많이 하면 구설에 오를 수 있는 등, 신망을 잃어 손해 보는 일도 있다.

말은 이처럼 우리에게 필수적이면서도 중요하므로, 즉 흥적인 감정에서 나온 말로 인해 서로 마음이 상하고 관계가 불편해 지지 않도록 생각과 판단에 의하여 표현되어야 한다.

때로는 하고 싶은 말도 상황에 따라서 참아야 하고, 상대방의 공격적인 말에도 침묵하는 것이 더 나을 수도 있다. 따라서 말은 상대방의 반응이나 결과를 생각해서 신중한 판단하에 하면 나에게 득이 될 수 있고, 상대방을 배려할 수도 있으며, 좋은 인간관계로 이어질 수 있다.

말은 개인정보의 원천이 되어 다른 이에게 나에 대한 판단 근거를 줄 수 있으므로 조심해야 한다. 말은 상대방의 수준에 맞춰서 해야지, 상대가 이해하지 못하면 오해가 생기거나 어려운 사람으로 느껴져 관계가 멀어질 수 있다.

이처럼 말은 인간만이 유일하게 사용할 수 있는 축복일 수 있지만 잘못 표현되면 일을 그르치거나 화를 자초할 수 있으므로 현명한 판단을 통해 숙고하여 사용해야 한다.

35
쉼

우리가 살아가면서 여러 가지 일로 바쁘게 부대끼다 보면 육체적으로나 정신적으로 피로해진다.

생존을 위해서나 사회생활을 영위하기 위해서는 어쩔 수 없이 우리는 열심히 활동해야 하고 고민하는 등 머리도 써야 한다.

이런 지속적인 활동으로 인한 피로는 풀어줘야 다음 일을 계속할 수 있고 무엇보다 건강을 지킬 수 있다.

피로를 풀어주는 한 방편은 쉼이다. 쉼에는 여러 가지 방법이 있다. 잠을 잔다든지, 음악을 듣고 영화 감상을 한다든지, 운동이나 취미활동을 하는 등 그 방법은 이루 열거할 수 없을 만큼 많다.

평상시 각자가 자기 취향에 맞는 쉼의 방법을 몇 가지 생각해 놓으면 좋을 것이다.

나는 쉼의 방법으로 잠자기, 독서, 음악 감상, 영화 감상, 드라이브, 등산, 바둑, 술 마시기, 맛있는 음식 먹기, 사진 찍어 보기, 좋아하는 사람 만나기, 악기 연주, 노래 부르기, 운동하기 등의 방법을 가지고 있다.

이처럼 몸이 피곤하다 싶으면 쉬는 방법을 생각해 두었다가 삶의 재충전 시간을 가져보자.

36
상담相談

상담이란 뜻은 어떤 일에 대해 서로 의논하거나, 일이나 문제에 대한 경험이나 지식, 학식 등이 있는 그 방면의 전문가에게 의뢰하는 활동을 말한다.

세상을 살다 보면 좋은 일만 있는 게 아니고, 맘 아픈 고민거리나 속상한 일들이 수시로 생겨난다.

이런 문제점에 대한 해결책이 없는 경우, 개인적으로 고민에 쌓여 허덕거리다 그릇된 판단을 하거나 서투르게 대응하게 된다. 그러다가 자신을 망치거나, 건강에 위해를 가져오거나 손해를 보는 등 후회스러운 일을 만드는 경우가 있다.

혼자 고민해서 올바른 결정을 할 수도 있지만, 개인감정에 휘말리거나 자기 독단에 빠지면 판단이 흐려질 수 있다.

인간은 사회적 동물이란 말이 있다. 우리는 모두가 함

께 서로를 의지하며 살아간다.

나의 고민에 대해 혼자 끙끙대지 말고 여러 사람과 의견을 나눠보자. 전문가가 아니더라도 가까운 이웃, 친구, 부모, 동료, 상사, 동생, 형, 자식, 배우자, 스승, 제자 등과 이야기를 하다 보면 뜻하지 않은 좋은 해결책이 나올 수 있다.

이런 상담 활동을 하다 보면 서로의 관계가 좀 더 가까워질 수도 있다.

나의 고민거리에 대해 주변 사람이나 때로는 전문가에게 상담해 보는 슬기를 가져보자.

37
기분상태(컨디션condition)

컨디션이란 몸건강 상태나 기분 따위의 상태를 말하며, 주위 상황이나 형편 등의 조건에 영향을 받는다.

우리가 어떤 일을 하거나 여러 가지 활동을 하면서 잘되는 경우도 있지만, 이상하게 안 되는 경우도 있다. 이를 두고 컨디션이 "좋다, 나쁘다"라고 흔히들 말한다.

내 몸의 주기가 있어 상태가 좋은 기간, 나쁜 기간이 있는 듯하다.

이렇듯 잘 안되는 때 오기를 내서 계속 추진하면 역효과만 나타날 수 있다. 이럴 때에는 무능하게 보이는 자기 자신에게 화를 내기도 한다.

컨디션이 안 좋다고 생각되면 더 나아가지 말고 쉬거나 다른 것으로 기분전환해 보는 것이 좋을 것 같다. 잘 안되는 일도 잠시 미룰 수 있으면 미뤄두자.

이처럼 기분 상태에 따라 일의 성사가 결정될 수도 있

다는 것이다.

　중요한 시합이나 경연, 행사 등에서는 컨디션이 나쁘다고 포기할 수 없듯이 더욱 컨디션 관리가 중요할 수밖에 없다.

　평상시 컨디션 조절 방법을 연구해 보거나 때로는 전문가의 자문諮問을 받아 나의 기분 상태를 잘 관리함으로써 내 목적하는 바를 이룰 수 있도록 해보자.

38
인간관계

우리가 살아가면서 많은 사람과 숱한 만남이 이루어진다. 그 만남에서 사람 개개인에 대하여 나름 평가가 매겨진다.

예를 들면 나에게 있어 절대적으로 필요한 사람, 필요한 사람, 보통관계 유지대상 사람, 별로인 사람, 필요 없는 사람, 아주 증오대상인 사람 등이다.

대개 보통관계 유지대상 사람까지는 전화 연락 등의 관계를 유지한다. 별로인 사람은 무슨 일이 있을까 싶어 겨우 전화받을 정도이다. 필요 없다고 생각되는 사람에게는 연락을 하지 않는다. 아주 증오 대상인 사람이나 아주 필요 없는 사람에게는 전화 거부 조치를 취한다.

이런 연락 관계는 상대방과 서로 입장이 같을 수는 없다. 예를 들면 나는 좋아하는데 상대방은 나를 싫어하는 경우가 있다.

이처럼 인간관계는 복잡 미묘하다고나 할까. 나는 좋아서 상대에게 연락을 주고받고 싶은데 연락이 두절되어버리는 경우 가슴 아파하거나 애달아 한다.

이런 모든 관계는 나를 중심으로 이루어지므로 우선 나를 보자. 그리고 주변 사람들을 살펴보면서 서로가 맞지 않는다고 생각되면 과감하게 연락을 끊자.

나를 별로라고 생각하는 단계 이하의 사람은 그냥 잊어버리고 사는 게 서로에게 좋을 수 있다. 오히려 더 좋은 관계를 형성할 수 있는 인연을 맞이할 수도 있다는 기대감과 희망을 가져 보자.

39
세대 차이

우리가 살아가면서 나이를 따지는 경우가 많다. 일단 나이 차이가 나면 서로 경계를 두고, 자기 취향, 가치관, 감정 등이 다를 때 세대 차이가 난다고 생각하는 경우가 허다하다.

사실 나이 차이가 날수록 정신적으로나 육체적으로 다른 면을 볼 수 있다. 생각하는 면이나 놀이문화, 좋아하는 것 등이 차이가 날 수 있다는 것이다.

그러나 우리는 어차피 어울려 살아가야 한다. 세대가 맞지 않는다고 해서 무시해서도 안 되고, 같은 세대끼리만 따로 살아갈 수도 없다.

가족, 이웃, 직장 등 사회생활을 하면서 우리는 서로 나이 차이가 나고 세대 차이가 나더라도 함께 어울려 살아가야 한다.

나는 나이를 많이 먹으면 먹은 만큼 많이 알고 능력도

뛰어날 거라고 믿었다.

그러나 현실은 그렇지 않다. 40~50대가 되면 신체 노화가 눈에 띄도록 빠르게 진행되고 모든 기능이 쇠퇴해지기 시작하면서 그 한계를 서서히 느끼게 된다.

그래서 세대별 놀이문화도 자연스럽게 변화가 올 수밖에 없다. 젊은 세대는 흥겹고 빠른 음악과 움직임이 활발한 것을 좋아하지만, 나이 먹을수록 감성적이고 점점 트롯형의 대중음악을 좋아하게 된다.

이렇듯 우리가 더불어 살아가기 위해서는 다양한 세대 차이를 이해하고 인정해 주어야 한다.

40

칭찬稱讚

우리가 살아가다 보면 남을 칭찬하기보다 비난하고 흉보는 경우가 더 많다. 칭찬은 누구나 좋아하지만, 비난받는 것을 좋아하는 이는 없다.

칭찬하는 습관을 지니면 남들로부터 신망信望을 얻고, 인생에 있어 얻는 것이 많다고 한다. 내가 상대방을 칭찬하면 상대방이 자연스럽게 나를 좋아하게 된다. 사교면에서는 돈 안 들이는 투자인 것이다.

칭찬은 상대방을 기분 좋게 해서 건강을 찾아주고, 성격도 바꿔주며, 좋은 분위기를 만들어 준다.

칭찬은 상대방에게 용기와 희망을 주어서 장차 훌륭한 사람을 만들 수 있고 칭찬받은 방면에서 전문가로 성장하는 경우도 있다고 한다.

이처럼 칭찬은 여러 가지 효과를 가져온다.

상대방을 비난하는 말보다는 용기를 주는 말로 바꿔

보자.

  "아직 멀었네", "아직 부족하구만", "누구보다 못해", "소질이 없어"란 비난적인 말보다 "많이 늘었어", "아주 잘하는데", "조금만 더하면 좋아지겠어" 등의 용기를 주는 말로 바꿔보자. 어느덧 좋은 사람으로 사랑받는 사람이 되어 있을 것이다.

41
수면睡眠

엊저녁에는 새벽 3시까지 영화를 보고 나니 그 영향으로 아침에 일어나지 못하고 하루 종일 피로감에 시달렸다.

밤에는 우리에게 안식과 회복을 주는 보약 같은 수면 시간이 있다. 그런데 대개의 경우 술자리라든지, 인터넷 게임 등에 빠져 밤늦도록 내 몸을 괴롭힌다.

정말 자신한테 해로운 행위인 줄 알면서도 잘 통제되지 않고 다음 날 피곤을 느끼면서 또 다시 후회하게 된다.

우리 몸은 수면을 통해 모든 병이 치료되고 피로가 회복된다고 한다.

혹자는 잠자는 시간을 아껴서 뭔가를 열심히 해보려고 한다. 나는 이런 행위는 찬성하지 않는다. 무리하다 건강을 잃으면 오히려 효과가 떨어져 더 큰 낭패를 보기 때문이다.

잠은 충분히 자자. 그래야 내 몸이 조화를 이루어 무슨 일이든 잘할 수 있을 것이다.

나의 생활을 규칙적으로 유지하고 충분한 수면으로 스스로를 살리자. 오늘 저녁도 달콤한 꿈의 나래를 펴보자. 내일의 행복한 날을 만들기 위하여.

42

선거選擧

선거가 가까워지면 후보자 간에 경쟁이 치열해진다. 휴대폰 메시지에 하루에도 몇 통의 부재중전화가 찍히고 심지어 음성 메시지까지 온다. 선거 때마다 겪는 일이다.

국민 각 개인은 국가의 주권자라고 말한다. 이는 선거권이 있기 때문이기도 하다.

따라서 우리의 손으로 지역이나 국가의 수장이나 이끌어나갈 정치인을 뽑는 아주 중요한 주권행사를 하는 것이다.

또한 이 선거 때문에 우리나라의 새로운 역사를 만들 수도 있고, 국가나 지역발전에도 영향을 줄 수 있으며, 우리 각자의 삶에도 영향을 받을 수 있다.

이 중요한 선거 때 지연, 학연, 혈연, 감정 등에 휩쓸려 올바른 투표를 하지 못한다면 민주시민으로서의 자질에

문제가 있을 수 있고 주권행사를 소홀히 함으로써 국가 유지 발전에 차질이 올 수도 있다.

투표 전에는 후보자의 공약 내용이나 자질 등에 대하여 꼼꼼히 살펴본 다음 선택할 후보자를 결정하고, 결정된 사항은 아무에게나 말하지 않는 게 좋다. 비밀이 보장되는 선거권 행사이기 때문이다.

선거권의 포기는 주권행사의 포기이며 국가의 중요한 결정에 무관심한 것으로, 국가를 사랑하는 마음이 없는 것이나 다름이 없다.

소중한 주권행사에 꼭 참여하여 자유 민주 국가의 주인임을 확인하자.

43
목표目標

어떤 일을 추진하려면 목표가 있어야 한다고 흔히들 말한다. 개인이든 단체든 모두 목표설정이 중요한 것이다.

개인에게서 목표는 삶의 지표가 되기도 하고, 단체는 그 존속을 유지하고 나아가야 할 바를 제시하는 것이다.

목표는 평생을 두고 행할 장기적인 것도 있지만, 일시적인 경우도 있다. 즉 성취하고자 하는 바를 정하는 것이다.

우리는 목표달성을 위해서 일상 계획을 세우기도 하고 이를 이루고야 말겠다는 다짐도 한다.

우리가 어디를 가고자 할 때 목적지가 있어야 가는 수단을 생각하게 되고, 공장에서도 얼마만큼의 생산품 수량이 정해져야 그에 따른 재료와 자본 그리고 인력을 결정하게 된다.

사람은 살아있는 한 꿈과 희망이 있어야 한다. 여기서 꿈과 희망이 곧 삶의 목표이기 때문이다.

우리도 목표를 세우자. 목표는 여러 개를 정할 수도 있다.

이행하기 힘든 어려운 목표보다는 쉬운 목표부터 이룸으로써 성취감과 자신감을 가질 수 있다.

목표는 막연한 것보다는 구체적이어야 하고 실행 가능한 것이 좋다.

우리 인생 항상 늦음이란 없다. 새로운 인생 설계에서 목표를 자신감 있게 세우고 시작해 보자.

44

후회後悔

우리는 경기나 시험 등에서 실패하면 후회를 한다. 또한 일이 잘못되거나 뜻대로 되지 않는 경우에도 마찬가지다.

그때 더 잘할걸, 더 많이 노력할걸, 더 열심히 할걸, 더 잘해줄걸, 조금만 참을 걸 등 많은 일에 후회를 한다.

우리가 살다 보면 어쩔 수 없이 겪는 결과라고 본다.

내 삶을 돌이켜 보면 성공보다는 실패나 좌절이 더 많았던 것 같다.

인간은 누구나 완벽하게 살아갈 수는 없다.

때로는 승부에서 질 수도 있고, 처리하고자 하는 일이 실패로 돌아가기도 한다.

이처럼 후회 없는 삶이란 없다. 다만 우리는 후회 없는 삶을 살아가려고 노력할 뿐이다.

우리가 열심히 한 결과에도 불구하고 실패했을 때 너

무 후회하지 말고, 반성하면서 나를 위로하고 더욱 굳건히 실패에 도전해 보자.

후회보다는 실패나 아쉬움이 나를 더 강하게 하는 성장 과정이라 생각하자.

45
걷기

지금은 교통수단이 좋아 어지간하면 걷지 않고 차나 다른 이동 수단을 이용한다. 편리함도 있지만 시간을 절약하는 한 방편이기도 하다.

습관처럼 단 몇십 미터도 이런 이동 수단을 이용하는 경우가 허다하다. 이처럼 이동 수단이 발달해서인지 갈수록 걷기에 인색해지는 것 같다.

걷기는 우리에게 여러 가지로 이롭다. 장기운동과 혈액순환 및 근력 유지에 필수적인 운동이다. 걷기는 돈 안들이고 할 수 있는 유일한 건강 운동인 것이다.

나의 신체적 활력과 정신적 육체적 건강을 위해 되도록 걸어보자. 비만약이니 소화불량약 등에 의존하지 말고 되도록 많이 걸어보자.

바쁘다는 핑계나 편리함만을 추구하지 말고 자꾸 걸어서 내 몸의 근력과 활력을 유지하자.

46
다양성 多樣性

우리는 살아가면서 많은 사람을 만난다. 그리고 대부분 만나는 사람의 첫인상과 겉모습을 보고 판단한다.

만남을 통해 지내다 보면 이면에서 놀라움을 발견한다. 사람마다 각자의 재능과 특기가 있다는 것이다.

그래서 겉모습만으로 사람을 함부로 판단하거나 함부로 대해서는 안 된다는 것을 알게 된다.

우리는 각 개인을 존중하고 각자의 재능과 전문성을 인정해 주어야 우리 사회가 원만하게 유지되고 발전되며 행복한 사회가 만들어질 것이다.

몸이 아프면 의사가 치료해 주고, 먹을거리는 농업인이 제공하며, 집을 짓는 일은 건축가나 그에 종사하는 전문인들이, 맛있는 요리는 요리사가, 아이들 교육은 교사가, 우리의 신변 안전은 경찰이… 이루 다 열거할 수 없을 정도로 많은 직업인과 재능을 가진 이들이 서로 어울려 사는 사회인 것이다.

이처럼 하는 일이나 능력의 다양성을 가진 사회에서 나만의 얕은 재능과 전문성을 내세워 자만自慢하지 말고 서로를 이해해 주고, 도와주고, 인정해 주면서 더불어 살아가는 사회가 되었으면 한다.

47

시작始作

우리는 살면서 뭘 해봐야겠다는 생각을 많이 한다.

남들이 노래를 잘하면 노래교실을 다닐까, 장구를 잘쳐서 매력적이면 장구를 배울까, 악기연주를 잘해 보이면 음악학원에 다닐까 등 우리를 충동하게 하는 것들이 종종 생겨난다.

이렇게 생각하다 생각이 굳어지면 배울 곳을 찾아가 상담을 하거나 시작해 보는 경우가 있다.

나는 어린 시절에 하고픈 일들이 너무 많았다.

지금이야 굳이 학원이 아니더라도 학교 방과 후 활동이나 취미생활 등 쉽게 접할 수 있는 시설과 기회가 주변에 많이 주어져 있지만, 그 당시에는 생활이 어려워 감히 무엇을 배운다는 것은 생각도 하지 못했다.

나의 중년은 직장에 매달리다 보니 시간적 여유를 갖지 못했다. 낮에는 직장 일로 바쁘게 살았고 밤에는 술

자리가 많았다.

그 시절 조금이라도 눈을 돌려 여러 가지 자격취득이나 취미활동을 했으면 좋았을 것이라는 후회도 가만히 해본다.

그러나 늦었다고 포기는 하지 말자. 늦었다고 알았을 때가 좋은 때이다.

지금이라도 내가 하고 싶은 일들을 적어보자.

자격취득이나 취미활동, 운동, 독서 등 뭐든 좋다.

그리고 계획을 세워 과감히 시작하자. 지금 하지 않으면 영원히 못 해볼 것들도 있다.

"시작이 반"이란 말이 있다.

지금 하고 싶은 일들을 시작해서 중간에 그만둘망정, 안 해보고 후회하는 것보다 백번 낫다.

48

투표投票

투표하는 날 우연찮게 투표장 참관인을 하였다. 이날 여러 사람이 투표하는 모습을 지켜보게 되었다.

다들 형식적인 투표를 하는 게 아니라 시험이라도 치르듯 심각한 표정으로 투표용지에 날인하는 모습을 지켜보면서, 투표는 민심을 읽는 것이라는 걸 다시 한번 깨달았다.

각자 누구를 선택하여 투표하든 그것은 민의民意에 의한 결과로 집계되어 당선자가 확정될 것이다.

각양각색의 생각을 가진 사람들의 의사결정은 존중되어야 한다.

각 후보자가 주장하는 합당한 공약이란 여기서는 변명에 불과하다고 본다. 자유민주주의의 원칙에 따라 국민 각자의 결정이 합당한 것이다.

또한 이를 통해서 민심의 흐름을 알 수 있다.

결론적으로 성실한 투표권 행사가 국정에 참여할 수 있는 각 개인의 유일한 기회이며, 우리나라 장래의 존립과 발전을 결정할 중요한 선택인 것이다.

49
전문인

어떤 일에 오래 종사한다든지, 특정한 방면方面에 기술, 기능, 학문, 예술, 특기 활동 등을 오래 하다 보면 그 방면에 전문인이 될 수 있다.

전문인이 되면 남으로부터 인정을 받아 직업적인 돈벌이 수단도 될 수 있고, 남들 앞에서 자기 기량을 내보일 수 있는 기쁨이 있다.

전문인이 되려면 적어도 10여 년 이상은 종사하거나 활동하여야 한다고들 한다.

단시간에 어떤 기능을 익힐 수도 있지만 많은 시간을 두고 경험이 쌓여야 보이지 않게 몸에 숙달된 기능이 배여있게 되고, 넓게 볼 수 있는 통찰력이 생긴다.

우리도 한 가지 이상의 전문성을 가져보자. 여러 방면 중에서 자기에 맞는 것을 골라 지속적인 정진과 노력을 투자해 보자.

세월이 갈수록 우리 모두 어느 분야에서는 남보다 뛰어난 전문인이 되어 있을 것이다. 이 또한 내 삶의 기쁨이요, 생의 보람이다.

더 나아가 자기 전문성의 객관화를 위해 그 분야의 경연대회 등에 출전하여 수상경력을 가진다거나, 주요 기관에 근무하는 경력을 가진다면 더욱더 전문성의 위치를 확보할 수 있다고 본다.

50
부담감

우리가 여러 사람과 부대끼면서 마음에 부담을 느끼는 경우가 있다.

상대로부터 받은 까다로운 부탁이나 원치 않는 강요도 있지만, 원하지 않는 메시지나 대화, 바라지 않는 호의나 선물 등 가벼운 것으로도 부담감을 가질 수 있고, 길거리 상인들의 지속적인 인사말이나 홍보 말로도 부담을 느끼게 된다.

어찌 보면 살아가면서 접하는 당연한 일들이고 일상적인 일들일 수 있다.

그러나 때로는 부담감에 대한 과민반응으로 화를 내거나 다툼으로 이어지는 경우도 있다.

이런 다툼은 서로 간의 이해관계나 생각이 다름에서 온다. 그런 면에서 자신이 상대방에게 부담으로 다가서지는 않는지 생각해 볼 필요가 있다.

자신을 싫어하는 상대방의 감정은 누구나 쉽게 느낄 수 있다.

내가 상대에게 부담을 주지 않는 것도 중요하지만, 너무 과민반응으로 받아들여 서로의 마음에 상처를 만들지 말자.

필요에 따라서는 정중히 거절하고 최대한 상대방을 이해시키고 내 생각을 전달하자. 서로 대화가 이루어지지 않는 상태에서는 오해를 불러올 수도 있다.

왜냐하면, 침묵이 수락이 될 수도 있고 거절이 될 수도 있기 때문이다.

부담감에 대한 마음의 짐을 털어버릴 방법을 잘 생각해서 서로 간에 감정이 상하거나 일을 그르치지 않도록 자신이 숙고하여 처리하자.

51
준비된 삶

세상을 살다 보면 취직시험부터 자격시험, 각종 경연대회, 경기시합 등 무수한 경쟁에 참여할 수 있다.

대개의 경우 이런 경쟁이 있을 때는 자신도 모르게 욕심이 생겨 합격하고 싶고, 큰 상을 받고 싶어 한다.

욕심이나 요행만으로는 힘들다. 준비된 실력이 있어야 한다.

어떤 목적이 정해지면 차분하게 대응해서 준비하자. 준비된 자만이 큰 뜻을 이룰 수 있다.

서두름은 오히려 실패나 좌절을 가져올 수 있고 자신에게도 무리가 올 수 있다.

경쟁에서 앞서려면 남보다 더 열심히 노력해야 한다.

마음만 앞선다던지 자만自滿은 금물이다. 자만은 나를 나태하게 하거나 자칫 경솔한 실수를 가져올 수 있기 때문이다.

평상시 차분하게 준비하는 자만이 성공과 더불어 행복을 누릴 수 있다는 것을 항상 생각하자.

52
젊음

젊음은 바라만 봐도 좋고, 냄새도 좋고, 패기와 열정 등 많은 면에서 좋다.

젊음에 대해 다 열거할 수는 없지만 젊음은 가장 크나큰 재산이요, 보물이다.

젊은이여 꿈을 가지고 힘내어 열심히 살아보지 않겠는가!

젊음은 싫어하는 이도 없고, 무시하지도 않는다. 젊음 그 자체로 모든 게 용서될 수 있으니까.

그러나 젊음은 세월이 가면서 그 빛을 잃어간다. 영원하지 않다는 것이다.

그래서 젊어서 고생은 사서도 한다고 했다. 젊었을 때 열심히 공부하고 뭐든 열심히 배워놓자. 자신의 미래에 큰 자산이 될 것이다.

젊음은 도전도, 실패도 허용된다.

"이걸 배워 어디다 쓰지?"라고 따지지 말고 기회가 된다면 무엇이든 열심히 해놓자.

물질적 재산은 없어질 수 있지만, 내 몸으로 익힌 지적 재산은 쉽게 없어지지 않을 것이다.

53
가르침과 배움

옛날 서당에서 공부하던 시절에서부터 70년대 학창 시절까지만 해도 체벌이 당연시되었다.

이제 성인이 되어 또다시 배움의 길에 서보니 왜 체벌이 안 되는지를 이해할 것 같다.

꼭 글공부만의 체벌이 아니라, 여러 가지 기능 교육과 취미활동 강습 등에서도 마찬가지다.

누구나 처음 배우면 뭐든지 어설프고 이해가 쉽게 안 된다. 숙달하기 위해 많은 시간이 소요되고 사람마다 소질과 능력, 열성 등의 차이로 빨리 배우는 사람도 있고 늦는 사람도 있다.

가르침을 주는 입장에서는 과도한 지적과 인격 모독까지 갈 수 있는 언행은 조심해야 한다.

물론 때에 따라서는 강압적인 분위기에서 교육할 수도 있다. 군대의 군사훈련이나 안전교육, 통제되지 않으면 교육이 어렵거나 일신상에 사고로 이어질 수 있는 중요한 교육 등이 그러하다.

그러나 대체로 가르침에 있어 칭찬과 격려가 좋다. 가르치면서 못하는 면만 볼 것이 아니라, 조금이라도 나아지는 면을 칭찬하고 잘 안되는 부분은 격려해 주면서 반복적인 학습이 필요하다고 본다.

학습은 반복이기도 하다. 못하면 될 때까지 반복해서 몸에 익힐 수 있도록 해야 한다.

대개의 경우 가르치는 자는 몇 년 또는 몇십 년 익혀 숙달된 상태이지만 배우는 자는 전혀 모르는 상태이거나 서투른 상태이기 때문에, 단 한 번이나 짧은 시간에 가르치는 자의 실력에 맞추라는 것은 무리인 것이다.

어디에서나 가르치고 배우는 것은 생에 있어서 큰 보람이다. 이 보람에 누가 되지 않도록 모두가 열심히 배우고 흥미롭고 슬기롭게 가르쳤으면 한다.

54
마음얻기

우리가 살다 보면 사람들의 환심歡心을 사야 하는 때가 있다. 선거로 임명되는 자리에 도전하는 사람, 손님을 많이 끌어야 하는 상업인, 승진을 생각하는 직장인 등 여러 경우의 사람들이다.

사람은 은근히 아부阿附를 좋아하는 것 같다.

다른 사람이 아부하는 것을 보면서 흉도 보지만, 정작 자기 자신이 아부를 받으면 기분이 좋아지는 것이다.

이에 대해 '인간 처세술'이란 책자들을 발간되어 시중 市中 서점에 많이 보급되어 있다.

호감을 얻으려면 우선은 자주 만나 대화를 해야 하고, 상대방에 대한 배려는 기본이며, 상대의 기호嗜好에 따른 심적 물적 투자가 있어야 한다고 본다.

기본적인 태도는 상대방에 대한 인사이다. 이는 지위고 하地位高下나 연령의 적고 많음, 성별性別 등 조건을 따지지 말고 먼저 인사말을 건네는 것을 습관화하는 게 좋다.

다음은 대화할 때 언어의 선택이다. 언어는 긍정적인

단어가 좋고, 직설적인 표현보다 때로는 우회적인 표현이 좋다.

다음은 호칭의 선택이다. 호칭을 잘못 사용하면 불쾌하거나 시비是非로 번질 수도 있다. 상대방을 최대한 존중하는 호칭 표현이 좋고, 친근감을 줄 수 있는 호칭이 좋다. 상황에 따라 호칭어를 잘 골라 써야 한다.

다음은 태도이다. 얼굴 표정은 항상 부드럽게 하고 미소 짓는 얼굴이 좋으며, 몸동작은 상대방을 배려하는 공손한 움직임이 좋다.

그 밖에 많은 것들이 있지만 다 열거할 수는 없고 각자가 필요하다고 생각되는 처신을 하면 된다.

인생을 살아가면서 남의 마음을 얻는 것은 매우 중요하다.

내 뜻대로 살기보다는 주변 사람들을 의식하고 배려하면서 나의 자리를 확보한다면, 내가 하는 일에 있어 성공으로 가는 길이라고 생각한다.

55

개인정보

지금 이 시대에 우리는 정보의 풍요 속에 살고 있다. 인터넷이 발달하여 알고자 하는 단어나 문구만 입력하면 그와 관련된 무수한 정보가 검색된다.

요즘은 갖가지 정보가 순식간에 지구상으로 널리 퍼질 수 있는 네트워크가 형성되어 선의든 악의든 모든 정보가 알려질 수 있다는 것이다.

나의 학창시절에는 자기 PR시대라 하여 개인정보를 남에게 많이 알려야 한다고 교육받았다.

그러나 지금은 특별한 경우가 아니고는 개인정보 노출을 조심하여야 하고 법으로도 보호받을 수 있도록 하고 있다. 개인 신상정보가 노출될 경우 악용될 수 있다는 우려 때문이다. 시대의 흐름이 변함에 따라 나 자신을 알리는 것이 조심스러워졌다는 것이다. 심지어는 전화번호 노출까지도 꺼리는 세상이 되어버렸다.

이제는 자신의 신상 자료를 남에게 터놓고 자랑하는 시대가 아니다. 내 개인정보나 자료를 신중하게 검토해서 보고 제공하자.

각 개인의 정보는 각자가 먼저 조심하고 지켜야 한다.

56

빚

우리가 생활하다 보면 경제적으로 돈이 필요하다.

필요한 돈은 직장이나 사업을 통해 벌지만, 씀씀이에 따라 급한 상황으로 인해 큰돈이 필요하거나 벌어들이는 수입보다 지출이 많을 때 돈을 빌리게 된다.

대개의 경우 돈은 은행이나 사채를 통해 융통하지만, 갚으려면 큰 부담이 따른다.

내 경험으로 빚은 점점 늘어나지 좀처럼 갚아지지 않은 것 같다.

빚을 얻게 되면 당장 필요한 돈은 해결되지만, 생활이 더 궁핍하게 되거나 제때 갚지 못하면, 가진 재산을 처분해야 한다. 그도 안 되면 결국 신용불량자로 몰려 폐인이 되는 경우도 있다.

빚은 되도록 얻지도 말고, 있으면 갚아 버리자.

남이 하는 대로 맛있는 음식 먹고, 좋은 옷 사 입고, 사고 싶은 물품을 사서 돈을 소비해 버린다면 빚을 지게 된다. 절제하지 못해 빚을 진다면 도저히 갚기 어려워질 것이다.

이제 수입에 맞춰 생활해 보자. 행복한 나의 미래를 위하여 적은 돈이라도 저축하는 습관을 갖자.

57
주장

우리가 어떤 일을 하면서 의견을 모을 때나 사석의 자리에서 언쟁이 생길 때 서로의 의견을 말하는데, 대부분 자기 의견이 맞음을 강하게 주장한다.

그러나 이제까지 경험한 바로는 반드시 서로의 주장이 다 맞을 수는 없다.

이렇게 의견일치가 안 되다 보면 일이 지연되거나, 엉뚱한 방향으로 진행되는 수도 있고, 다툼으로 이어지다가 싸움으로까지 번져, 서로 간의 관계에 금이 가는 등 불미스러운 일이 생길 수 있다.

논쟁에서 자기 의견을 말할 때는 객관적인 근거를 들어 자기 생각을 말하면 될 것 같다.

공식적인 자리든 사석이든 간에 이견異見의 상대방을 이겨 먹어야겠다거나, 내 생각이 마치 모두의 생각이라고 말한다든지, 상대방을 비난하거나 힐책하는 등 감정을 건드리면서 내 의견만을 주장하면, 서로 간의 다툼이 될 수밖에 없고 원만한 의사결정이 이루어질 수 없다. 어차피 서로의 의견을 듣고 결정은 책임자나 다수의 결정에 의하는 경우가 많다.

이럴 땐 각자 적정한 판단을 할 수 있도록 의견이나 자료를 제시하면 된다고 본다. 웃으면서 내 의견만을 말함으로써 서로의 의견을 존중해 주는 분위기로 토론은 토론으로 끝나는 게 무난하다.

논쟁에서 이기지 말라는 말이 생각난다. 어찌 이겼다 하더라도 뭔지 모르게 서로 간에 감정이 쌓일 수 있다.

우리 서로의 의견을 존중해 주고 즐거운 대화가 될 수 있도록 노력해 보자. 서로의 관계가 더욱 돈독해질 것이다.

58
위안

사람은 사회적 동물이라 했듯이 혼자 사는 것보다 여럿이 어울려 살아야 한다.

비가 올 것 같은 우중충한 산길에서 왠지 으스스한 느낌이 들 때, 뒤에서 사람이 나타나면 얼마나 기쁜지 모른다.

또한 고통스러운 상황에서 친구나 지인의 위안 한마디가 얼마나 힘이 되는지 모른다.

집안의 애경사나, 아파서 병원에 입원해 있을 때도 찾아주는 이가 얼마나 반가운지 모른다.

이렇듯 사람은 서로 대화를 나누고, 때로는 서로 함께 있다는 것만으로도 위안이 될 수 있다.

우리가 서로에게 위안을 줄 때 인생의 동반자로서 서로에게 힘이 되어줄 것이다.

나 혼자도 살아갈 수 있다는 독단적이고 이기적인 맘을 버리고, 서로에게 위안을 주고, 다 같이 어울려 사는 행복한 세상을 만들었으면 한다.

59
도전挑戰

우리가 어떤 일의 성취나 기록 경신 등을 위해 시도해 보는 것을 도전이라 한다.

도전은 생각만으로는 안 되고 행해져야 한다. 도전은 인류의 역사를 만들기도 하지만 각 개인의 역사도 만들어간다.

도전은 꿈을 실현하기 위한 시작이며, 도전 없는 삶은 의미가 없다. 어떤 일을 시도해 보지도 않고 포기하면 후회만 남기면서 나의 발전도 진전 없이 머무르게 될 것이다.

도전 뒤에는 실패나 좌절이 올 수 있다. 항상 생각대로 모든 일이 이루어지는 것은 아니기 때문이다.

무슨 일이든 하고 싶은 것에 과감히 도전해 보자. 한 번에 안 되더라도 두 번 세 번 계속 시도해 보자.

그러다 보면 어느덧 내가 성장해 있고, 실력과 생각이

커져 삶의 원기가 충만해져 있을 것이다.

실패나 좌절을 먼저 생각하지 말고 끊임없이 도전하여 내 삶의 의미와 활기를 찾자. 새로운 것에 도전하는 자신이 더욱더 발전되고 새로워질 것이다.

도전으로 더 발전할 수 있고, 새로운 것을 창조하는 힘이 생길 수도 있다.

도전정신은 우리가 항상 지니고 있어야 할 필수적인 요소이다.

60
의심

세상을 살다 보면 어떤 일에 의심하는 경우가 생긴다. 이런 의심은 주변의 인과관계나 상황 등에 따라 자연스럽게 발생한다.

의심은 다른 의심을 낳고, 심하면 의심병으로 발전되어 몸에 병을 얻을 수도 있다. 우리는 너무 의심해도 안 되지만, 그렇다고 의심 자체를 방심해도 안 될 것이라 본다.

의심은 어떤 예감에서 오는 경우가 많다. 예감은 빗나갈 수도 있지만 맞아떨어질 수도 있다.

그러므로 여러 변수를 놓고 대비하거나 확인해 보는 것도 한 방법이 아닌가 한다.

의심은 사사건건 확인하려 하거나 거기에 몰두하다 보면 나의 몸과 마음이 고통스러울 수가 있다.

의심을 해결함에 있어 경미한 건에 대하여는 지나쳐

버리거나, 적당한 선에서 넘어가 버리는 게 슬기로운 대처 방법이 될 수도 있다.

의심은 자신의 보호수단이기도 하지만 지나친 대처나 너무 깊은 생각에 빠지면 몸과 마음이 다칠 수도 있기 때문이다.

61
지구촌

우주의 수많은 별 중 하나가 우리가 사는 지구라고 한다. 우리는 우주에 대해 끊임없이 연구하고 있지만, 아직 생물체가 사는 별은 발견하지 못하고 추측만으로 우주의 별 중 우리 지구촌과 같은 생물체가 살아있는 별이 있을 것이라고 보고 있다.

따라서 우주의 별들에 비추어 볼 때, 지구에 사는 우리는 하나의 지구촌에 불과하다고 말할 수 있다.

이 지구는 신비한 별이다. 인간을 비롯한 생물들에게 살기 좋은 조건을 갖추고 있기 때문이다. 우리는 축복받은 지구라는 땅에서 마음껏 행복을 누리며 살아가고 있는 것이다.

지구촌에는 신비하게도 많은 인종이 각 지역에 분포되어있다. 얼굴 형태와 피부색이 다르고, 언어가 다르며, 살아가는 형태 등 많은 것이 다르지만, 한 인간임은

틀림없다.

또한 지구에는 셀 수 없을 정도의 수많은 생물체가 존재하고 이 생물체들이 우리 인간과 더불어 살아가고 있다.

지구촌이라는 행복한 땅에서 인종과 종교, 이념을 떠나서 모두가 하나의 식구처럼 살아갔으면 좋겠다.

살기 좋은 지구촌에서 서로 공존하고 서로 다름을 소중히 인정하면서 행복한 지구촌이 이루어졌으면 한다.

62
글쓰기

나는 글쓰기에 대해 그렇게 관심이 없었다. 생활이 바쁘다는 핑계로 글 쓰는 여유를 갖지 않았던 것이다.

직장에서 정년을 맞이하여 시간이 많아지고 이것저것 욕심을 내어 해보지만, 나이 핑계일지 몰라도 이것 역시 마땅치 않았다.

그래도 글을 써보기로 했다. 써놓은 글이 너무 평범하고 어설퍼 보이지만, 과감히 걱정을 떨쳐버리고 평범하고 작은 생각부터 써 보려고 마음먹었다.

이렇게 쓰면서 더 발전되어가는 내 모습을 기대해 보는 것이다.

글을 쓴다는 것은 참 좋은 것 같다.

우선 내 생각을 정리할 수 있어 좋고, 자연스럽게 생각의 폭도 넓어지고 깊어져서 좋다.

글을 써보자. 일기든 간단한 생각이든 적어보자.

그리고 남의 글도 많이 읽어 보자. 생각이 넓어지고 깊어질 것이다.

글은 나의 기록이요, 나의 역사를 만들어 가는 과정이다. 우리 다 같이 각자의 역사를 기록해 보자.

63
자기책임

자기책임이란 원칙적으로 내가 한 행위에 대해서만 책임을 진다는 것이다.

그러나 자기가 직접 하지 않아도, 상대방의 잘못이 내 책임이 될 수 있고, 천재지변의 경우에도 내가 책임을 져야 하는 경우가 있다.

우리가 직장생활이나 사회생활을 하면서 어려운 부탁이나 부당한 지시, 뜻하지 않은 사고 발생으로 일이 잘못되면 관리자로서 자기책임이 수반될 수 있다.

내가 직접 행하지 않았다 하더라도 선량한 의무를 다하지 못하였다거나 중대한 과실의 경우에는 관리자 책임을 벗어나지 못할 수 있다.

모든 일 처리에 있어 매사에 조심해야 한다는 것이다.

어려운 부탁도 뿌리칠 줄 알아야 하고, 부당한 지시에도 거부할 줄 알아야 하며, 항상 자기 본분에 맞는 책임

의식을 갖고 자체점검을 통해 자신을 지켜야 한다.

사고가 터지면 각자 자기 책임을 회피하기에 바쁘다.

자기책임을 벗어나기 위해서는 평상시 성실히 책임을 다했다는 자료나 증거물을 확보해 놓아야 한다. 증거가 없는 막연한 진술은 구제를 받기 어렵기 때문이다.

나에게 '설마'란 방심은 버리고 자신과 주변을 살펴보자. 문제가 있다고 생각되면 작은 것이라도 바로 조치할 수 있도록 하자.

작은 실수나 방심으로 큰일을 그르칠 수 있다는 것을 명심하자.

64
필요

　일상생활에서 우리는 많은 것에 대한 필요를 느끼게
된다. 필요는 사람이나 물건, 서비스 등 어떤 분야와 종
류에 국한되지 않는다. 우리가 목이 마르면 물을 찾듯이
자연스럽게 필요로 하는 것을 찾게 된다.

　필요는 새로운 발견이나 발명을 가져올 수 있고, 그로
인해 우리 일상이 과거보다 비약적인 발전을 거듭하고 있
는 것이다.

　과거 70년대 농촌만 해도 모내기철이면 사람들을 동
원하여 모를 심던 시절이 있었다. 그러나 지금은 농기계
가 다 해버린다. 사람 동원이 필요 없어진 것이다

　이처럼 바뀌고 있는 세상의 소용돌이 속에서 우리는
살아가고 있다.

　우리가 살아가면서 필요를 느끼는 한 이는 곧 만들어
지고 얻어질 것이다.

전선을 연결하여 사용하던 유선시대가 이제는 전선이 필요 없는 무선의 시대로 바뀌면서 우리가 과거에 상상하지 못할 정도로 좋은 세상이 되어버렸다.

아날로그 시대에서 디지털 시대로 바뀌면서 큰 기계가 소형화되고 조그마한 칩 하나로 엄청난 저장 공간을 만들어 놓았다.

이 세상은 앞으로도 인간이 필요를 느끼는 분야에 대해서는 비약적으로 발전하게 될 것이라 본다.

이에 우리는 그 문명을 편리하게 사용하려면, 새로운 문명에 대처하여 끊임없이 지식을 익히는 자세가 필요하다고 본다.

65
비법

여기서 비법이란 자기만이 알고 있어서 남보다 앞설 수 있는 기술을 말한다.

비법은 여러 방면에 다양하게 있을 수 있다.

이런 비법은 가르치는 스승으로부터 전수받는 경우도 있고, 자기가 우연히 알게 된 경우, 또는 많은 연습을 통해서 터득하는 경우 등 다양한 기회를 통해 얻어진다.

무엇을 배우는 데 있어 오랫동안 연습을 통해 배웠더라도, 정확한 비법을 터득하지 못하면 그냥 평범한 남들의 수준밖에 되지 않는다.

남보다 잘한다는 말을 들으려면 자기도 모르게 몸에서 우러나도록 특별한 기능이 있어야 한다.

이 기능을 익히고 터득하기 위해 많은 이들이 각자의 분야에서 불철주야 열심히 노력하고 있는 것이다.

물론 남다른 비법을 터득하기란 쉽지 않지만, 우

리도 각자의 분야에서 비법 터득을 위해 열심히 노력하고 연구해 보자.

비법을 터득해 놓으면 평생 살아가는데 크나큰 재산이 될 것이다. 이를 통해 나의 경제활동이 될 수도 있고, 사회적으로 존경과 인정을 받으며 생에 있어 크나큰 보람과 행복이 될 것이다.

66
농약

농촌에서 농약은 농사를 짓는 데 필수적인 약품이다. 지금은 거의 모든 농작물이 농약 없이는 농사짓기가 어려울 정도라고 볼 수 있다.

70년대까지만 해도 논이나 들에서 메뚜기, 개구리, 뱀 등을 흔하게 볼 수 있었다. 그러나 지금은 보기가 힘들어졌다.

이는 농약 때문이 아닌가 싶다. 옛날에는 논둑, 밭둑의 풀을 베어서 퇴비를 만들어 거름으로 사용했지만 지금은 퇴비가 공장에서 만들어져 나오는 바람에 논둑의 풀을 베지 않고 아예 제초제를 해버린다.

이 농약 때문에 그곳에 서식하거나 기생하던 생물들이 살기가 어려워진 것이다. 유기농이니, 자연농이니 하지만, 사실 해충이나 곰팡이균한테는 어쩔 수 없다.

조그마한 텃밭은 농약을 안 하고 농작물 가꾸기가 가

능할지 몰라도 대규모 농사에서는 하루아침에 농사일이 헛수고가 될 수 있다. 농부의 입장에서는 어쩔 수 없는 선택이다.

이렇게 농약을 과다하게 사용하면 이 농작물을 섭취하는 소비자인 우리는 안전할까?

결론적으로 인체에 해가 적은 농약 개발이 지속적으로 이루어져야 하며, 유기농 개발에도 많은 연구가 필요할 것 같다. 농약 사용도 되도록 자제하여 생태계가 유지되도록 하였으면 좋겠다.

67

세대 음악

길거리를 지나며 행인에게서 들려오는 음악을 들으면 나이 드신 분에게서는 느긋한 유행가가 흘러나오고, 젊은 층에게서는 빠른 박자의 음악이 흘러나온다.

우리는 흔히 세대 차이란 말을 많이 쓴다. 자연스러운 현상이라고 본다. 젊은 층이나 나이가 든 사람들은 그 나이층에 맞는 가사와 멜로디를 즐겨 듣고 부른다.

어느 것이 더 좋은 노래라고 단적으로 표현할 수 없고, 각자의 취향에 맞는 노래에 대해 평가하는 것은 옳아 보이지 않는다.

경우에 따라서는 모든 음악을 섭렵하는 이도 있지만, 자기 취향에 맞는 음악만을 고집하는 이들도 있고, 음악 자체를 즐겨 하지 않는 이도 있다.

따라서 자기가 좋아하는 음악을 모두가 좋아할 것이라는 착각이나, 내가 좋아하는 음악이 진정한 음악이라고 한다든지, 나에게 맞지 않는 음악은 음악이 아니라는 등의 자세는 좋지 않다고 본다.

그러므로 우리는 그 세대에 맞는 노래에 대해 같이 호응해 주고, 각자의 취향에 맞는 음악을 존중해 주면서, 다 함께 즐기는 멋진 인생을 만들어 봄이 좋지 않을까 싶다.

68
말조심

"낮말은 새가 듣고, 밤말은 쥐가 듣는다"는 속담이나 "벽에도 귀가 있다"는 격언이 있다.

요새는 도청장치 등 장비들이 발달하여 마음만 먹으면 상대방의 말을 수집하기가 용이해졌다. 아무 데서나 중요한 말을 함부로 하면 안 된다는 것이다.

사적인 공간에서 아무 스스럼없이 한 말이 중요한 근거 자료가 되어 큰 낭패를 당하는 수도 있다.

때로는 혼자 하는 말도 자신에게 해가 되는 경우가 있다.

옛말에 "말이 씨가 된다"고 했다.

아무 뜻 없이 한 말이나, 쓸데없이 지껄이는 말이 진짜가 되어버린 경우가 있기 때문이다.

경기시합에서 "우리 팀이 질 것 같네."라고 말한 경우, 거의 그대로 되는 경우를 많이 경험해 봤을 것이다.

이처럼 말의 마법은 참 무섭다.

우리 항상 말을 조심하자. 되도록 희망적인 말이나 격려의 말, 칭찬의 말 등을 하여 자신은 물론, 주위의 모든 사람이 행복해질 수 있도록 노력해 보자.

69
신호등

우리는 거리를 걸어 다니든, 차를 몰고 다니든 필수적으로 신호등을 만난다.

신호등은 생명의 등이요, 질서를 지켜주는 등이다.

따라서 신호등은 누구나 잘 지켜야 하지만, 바쁘다는 핑계나 여러 가지 이유를 들어 잘 지키지 않다가 큰 사고로 이어지는 경우가 있다.

운전자에게는 특히나 주의를 요하고 긴장해야 할 곳이 신호등이 있는 곳이다.

내 신호만 보고 달리다 남의 차와 부딪치는 경우도 있다. 운전자의 경험으로 봐서 고의로 신호를 무시하여 신호위반을 하는 경우도 있지만, 무심코 다른 생각을 하면서 신호위반을 해버리는 경우나 다른 사람과 대화를 하면서 신호등을 지나쳐 버리는 아찔한 순간이 있을 수 있다.

때로는 차가 달리던 중 신호가 바뀌어 순간 정지하기 애매할 때가 있다. 이런 때 급정거하여 자칫 뒤차가 받으면 대형사고로 이어지는 경우도 있으므로 주의를 하지 않으면 생명에 위협을 주는 순간을 맞이할 수도 있다.

따라서 운전자나 보행자가 필수적으로 주위를 살피며 긴장해야 할 곳이 바로 신호등이 있는 곳이다.

신호등에서 차가 미처 빠져나갈 상황도 아닌데 차를 밀어붙여 교통체증을 유발하기도 하고, 너무 천천히 운행하여 뒤차가 신호위반을 유발하게 만들어 짜증 나게 하는 경우도 있다.

우리 모두 신호등을 잘 지켜서 사고를 예방하고 교통이 원활하게 될 수 있도록 다 같이 노력하자.

70
스승을 모셔라

우리가 무엇을 배우고자 할 때나 어떤 일을 성공적으로 처리하고자 할 때 자문이나 도움이 필요하다.

혼자 익히거나 처리하는 방법도 있지만, 남보다 잘하고 싶고, 목표에 도달하는 시간을 줄이려면 스승을 모시는 것이 좋다고 본다.

각 분야별로 전문가인 스승은 많이 있다. 좋은 스승을 찾아 도움을 받는다면, 내가 목표하는 바에 빠르고도 확실하게 도달할 수 있다.

주변에 훌륭한 스승이 있는지 찾아보고 소개도 받아보자. 스승의 자격은 나이, 지위, 성별, 학벌에 구애拘礙되지 않는다. 전문분야나 상황에 따라 여러 스승을 모실 수도 있다.

훌륭한 스승은 나의 앞길을 열어줄 뿐만 아니라 큰 힘이 되어줄 것이다.

71
부모 효도

부모는 살아생전에 정성으로 모시고, 돌아가신 후에는 정과 뜻을 기려야 한다. 우리에게 생명을 주셨고 모든 역경을 겪으면서 키우셨다.

부모사랑은 "내리사랑"이란 말이 있다. 부모를 잘 모시면 내 자식들도 본을 받아서 똑같이 잘해준다는 것이다.

젊었을 때는 부모에게 이것저것 요구하면서 투정하기 쉬우며, 꾸지람이라도 들으면 부모에게 반항하고 미워하게 된다.

나이 드신 부모님에게는 늙었다고 무시하거나 무관심하기 쉽다. 부모님은 평생 미움이나 원망의 대상이 아니며, 무시하거나 무관심하여서는 안 되는 존재이다.

돌아가신 후 후회하지 말고 살아생전 잘 모시고, 사후에도 그 정을 잊지 말아야 한다.

그러면 나에게 큰 기쁨과 행복으로 돌아올 것이다.

72
어머니

어릴 때 어머니 품속은 포근하고 편안하였다.
어머니의 젖 냄새는 달콤하고 향기로웠다.
맛있는 것은 자식 입에 먼저 넣어주시고
궂은 음식은 어머니가 드셨다.
잘못했을 때 회초리와 꾸지람도
다 자식 잘 되길 바라는 마음에서였다.
어머니는 항상 자식편이셨다.
남들이 뭐래도 내 자식이 최고이셨다.
어머니는 모든 허물을 다 덮어주시고
모든 잘못도 용서해주셨다.
어머니는 자식을 위해 모든 걸 희생하셨다.
어머니의 따듯한 손은 자식에게 힘을 주셨다.
그래서 자식인 나는 나이가 먹어도
어머니가 저세상으로 가셨어도

어머니가 그립고
어머니의 정을 잊지 못한다.
어머니 감사합니다.

불교문예작품선

삶의 여정

ⓒ김영성 수필집, 2022, Printed in Seoul, Korea

초판 1쇄 인쇄 | 2022년 3월 15일
초판 1쇄 발행 | 2022년 3월 22일

지은이 | 김영성
펴낸이 | 문병구
편 집 | 구름나무
디자인 | 쏠트라인saltline
펴낸곳 | 불교문예출판부

등록번호 | 제312-2005-000016호(2005년 6월 27일)
주   소 | 03656 서울시 서대문구 가좌로2길 50
전화번호 | 02) 308-9520
전자우편 | bulmoonye@hanmail.net

ISBN : 978-89-97276-62-2 (03810)
값 : 12,000원